Barbara Reeh
Onder professorendames

Uit het Duits vertaald door Liesje Faber

Oorspronkelijke titel:
Unter Professorendamen
Ein Universitätsroman über Gastarbeiter, Karrieren und Intrigen
© 2012: Barbara Reeh

ISBN 9 783741 223570

Copyright © 2016 by Barbara Reeh
Titelplaat: Jannes de Vries, Wierumerschouw, 1983
Drukwerk: iideenreich.de, Berlin
Uitgever: Books on Demand GmbH, Norderstedt, Duitsland

Onder professorendames

Inhoud

Hoofdstuk 1	Spelregels	11
Hoofdstuk 2	De gewoon hoogleraar	19
Hoofdstuk 3	De bijzonder hoogleraar	25
Hoofdstuk 4	Lady Macbeth	33
Hoofdstuk 5	Duitslandstudies	37
Hoofdstuk 6	De Gallische haan	43
Hoofdstuk 7	Krans van professorendames	49
Hoofdstuk 8	Grenzeloos geluk	53
Hoofdstuk 9	A tot Ate	59
Hoofdstuk 10	De inauguratie	67
Hoofdstuk 11	De verlanding	75
Hoofdstuk 12	Heksenhanne	83
Hoofdstuk 13	Vrouwen achter de schermen	87
Hoofdstuk 14	Moffen in Greifswald	93
Hoofdstuk 15	Wener congres	101
Hoofdstuk 16	De onthulling	107
Hoofdstuk 17	Aan de dijk gezet	115
Hoofdstuk 18	De Friese begrafenis	119
Hoofdstuk 19	Op een hopeloze post	121
Hoofdstuk 20	De Wende	125
Hoofdstuk 21	Het jubileum	129
Hoofdstuk 22	De knockout	135
Hoofdstuk 23	De overwinnaar	143
Hoofdstuk 24	De terugtocht	151

1 Spelregels

'In geen geval splitsen! Dat zou onze ondergang op de universiteit betekenen. Ook niet de geringste indruk wekken dat de vakgroep zoiets ook maar overweegt!' Dr. Louis-Karel Kortewiek schreeuwde bijna, zodat de kleine groep midden in de ruimte, nieuwsgierig, zich nog dichter om hem heen schaarde. Sonore stem, effectvolle pauzes, oogcontact met de toehoorders, wat langer met de mooie Lies, Kortewiek was in zijn element. 'Dat heeft de faculteit al verschillende keren bij de goede oude Donneur geprobeerd, maar bij hem beten ze natuurlijk hun tanden stuk op graniet.' Algemene waardering voor de granieten oervader.

'Zodra de faculteit weer op de bezuinigingstoer gaat, haasten de krentenwegers zich onze germanistiekstudentjes man voor man, pardon', met een gebaar naar Lies, 'vrouw voor vrouw, te tellen. En het zijn er ieder jaar weer minder. Laten we onszelf niets wijsmaken. Als niet onze hele vakgroep *gezamenlijk*', en met een dwingende blik op Bernhard Knirr, de nieuw benoemde hoogleraar, vervolgde Kortewiek, 'ik herhaal: *gezamenlijk* de cursussen Duits blijft geven in het vreemdetaleninstituut, dan hebben wij hier aan de Groningse universiteit nauwelijks nog bestaansrecht.'

'Is dat niet wat overdreven, Louka? Als wij als universiteitsdocenten ons bestaansrecht alleen ontlenen aan het *der-die-das*gestamp voor een paar managers, dan kunnen we ons allemaal wel meteen door het vreemdetaleninstituut laten inlijven.'

'Ben je echt zo naïef, Lies? Geloof jij dat ook maar één goed betaalde manager naar het vreemdetaleninstituut zou komen als het niet met academici van de vakgroep Duits als uithangbord kon pronken? Meneer de scheepswerfeigenaar wil les hebben van echte universiteitsdocenten. Hij wil na gedane arbeid naar de universiteit rijden en door een germanist, een heer doctor' - met een knipoog naar Lies, 'een mevrouw doctor hebben we immers helaas nog niet, - in de hogere wetenschap van het *der-die-das* worden ingewijd.'

Instemming met de noodzakelijke dubbele verankering van de vakgroep moderne Duitse taal- en letterkunde, in zowel het commerciële vreemdetaleninstituut van de universiteit Groningen als in het germanistisch instituut, twijfel of werkelijk iedere medewerker van de wetenschappelijke vakgroep een van de lucratieve talencursussen voor managers en hun soortgenoten op zich zou moeten nemen, en vervolgens de tegenwerping van de nieuwe hoogleraar Knirr, dat men tenslotte toch ook *onderzoek* moest doen waarmee de vakgroep haar bestaansrecht in de faculteit heel goed zou kunnen bewijzen.

Hij bracht dit in houterig, gebrekkig Nederlands naar voren. Een beetje onwillig wendden de toehoorders zich van de eloquente Kortewiek af, om ingespannen naar de naar woorden zoekende, gedurig zijn keel schrapende Knirr te luisteren. Wie moeite deed, kon uit zijn uiteenzetting opmaken dat hij zich niet in Groningen had laten benoemen om een scheepswerfeigenaar uit Hoogezand Duitse herhalingsles te geven, maar om naast de colleges aan de universiteit vooral germanistisch onderzoek te doen en een vruchtbare onderzoeksgroep op te bouwen.

'*Opbouwen* is toch een onbeschaamde term', fluisterde Lies de dicht naast haar staande Kortewiek toe, 'alsof wij van onderzoek nog geen enkel benul hebben'.

'Nou ja, niet iedereen is tot nu tot een glanzende afronding gekomen', plaagde Kortewiek. Lies glimlachte en antwoordde:

'Moet jij net zeggen! Jij hebt je dissertatie nog maar net met veel moeite in elkaar geprutst. Na al die jaren had ik nooit gedacht dat je het überhaupt nog voor elkaar zou krijgen. Bij mij daarentegen zitten alle onderzoeksresultaten al keurig netjes in de computer, ik hoef het hele zaakje alleen nog maar uit te schrijven.'

'En daarmee begint het eigenlijke werk pas, lieve Lies!'

'Dan moet ik daar nu als de wiedeweerga mee aan de slag.' Met die woorden zette Lies Bakker haar koffiekopje rinkelend op het aanrecht van de germanistenkeuken, trok haar nauwe, zwarte rok enigszins naar beneden over haar achterwerk, liet de keukendeur wagenwijd openstaan, wandelde op haar eindeloze benen de gang in naar haar werkkamer, bleef midden in de gang staan onder de felle plafondlamp, graaide haar lippenstift en een spiegel uit haar schoudertasje, verfde haar lippen lila, perste ze op elkaar en liet ze smakkend openspringen, haalde haar vingers door haar witblonde stekelhaar, stipstapte op haar hoge hakken verder en sloeg de deur van haar werkkamer achter zich dicht. Alle collega's waren mannen, allen hadden haar zwijgend gadegeslagen.

'Leve het vrouwenquotum! Onze Lies blijft bij ons, dissertatie of geen dissertatie', was het commentaar van Kortewiek op het vertrek van de collega. Bernhard Knirr moest bekennen dat hij eigenlijk niet precies wist waar ze onderzoek naar deed.

'Het is mij een eer, u als promotor over het onderwerp van het proefschrift van uw promovenda in te lichten. Sinds geruime tijd wacht de germanistenwereld op de semantiek van de adjectieven *gut* en *schlecht - schön* en *hässlich*.'

Wat mooi betreft, daar wist ze zo te zien alles van, meende Knirr.

'Wat goed en slecht betreft ook', voegde Kortewiek eraan toe. Hij deed geen moeite geruchten over een min of meer beëindigde relatie met Lies uit de weg te ruimen. Waarom ook, een relatie met een zo verleidelijke vrouw was goed voor zijn eigen imago. Knirr schonk zich koffie bij, zodat Kortewiek niet, zoals de anderen een voor een hadden gedaan, de keuken uit kon lopen.

'Nou, meneer Knirr, bent u de cultuurschok al te boven, van de verhuizing van Groot-Berlijn naar Klein-Mensinge?'

1 | Spelregels

Ach, zijn vrouw was goed in verhuismanagement. Ze had het molenhuis in Klein-Mensinge al enigszins bewoonbaar ingericht, in ieder geval de keuken. In de Groninger universiteitswereld daarentegen kon hij zijn draai nog niet echt vinden.

'Die indruk maakt u anders helemaal niet. Uw colleges lopen toch al vanaf het begin van het semester op rolletjes.'

De colleges waren ook het punt niet, beaamde Knirr, het lastige was de organisatie van zijn leerstoel. Zijn bevoegdheden tegenover de medewerkers waren hem niet eens duidelijk.

'Ja, meneer Knirr, in Duitsland is zowat alles zeker klip en klaar in een strakke hiërarchie vastgelegd.'

Knirr antwoordde rustig dat hij dat nog niet kon vergelijken. Hij vroeg Kortewiek een overzicht van de werkzaamheden van elke medewerker.

'Komt voor elkaar!'

Knirr verstond weliswaar nog bij lange na niet elke Nederlands woord, maar hier klikten de lettergrepen overduidelijk als de hakken van soldatenlaarzen tegen elkaar. De verhouding tussen hem en Kortewiek als hoofddocent moest blijkbaar dringend verhelderd worden. Knirr wist, dat zijn voorganger, de emeritus hoogleraar Donneur, Kortewiek als kroonprins had uitgezocht. Die had met vliegende vaart nog net op tijd voor de benoemingsprocedure zijn dissertatie afgerond, om toen toch aan het kortste eind te trekken en hem, Knirr, als chef te krijgen.

Op zakelijke toon stelde Knirr voor om zijn taken als leerstoelbekleder en die van Kortewiek als zijn plaatsvervanger helder en duidelijk af te bakenen. Dat zou wellicht de splitsing van de vakgroep moderne Duitse taal- en letterkunde, waarvoor Kortewiek zojuist indringend en overtuigend had gewaarschuwd, kunnen voorkomen.

'Eigenlijk zitten we elkaar ook helemaal niet in de weg, meneer Knirr. U doet de literatuurwetenschap en ik de taalwetenschap. En met mij de hele club die u van de oude Donneur heeft overgenomen. Die zijn immers geheel en al in de voetstappen van de oervader getreden en werken aan linguïstische onderwerpen.'

In het onderzoek en de colleges diende zich inderdaad wel een natuurlijke verdeling aan, bevestigde Knirr. Maar de andere taken die bij een leerstoel horen kon hij niet in zijn eentje op zich nemen. Met zijn langjarige betrekkingen met het vreemdetaleninstituut van de universiteit was Kortewiek toch juist voorbestemd om de leerstoel, die immers medeverantwoordelijkheid voor de daar aangeboden cursussen Duits moest dragen, daar te representeren, vond Knirr. Procuratie, zou je het kunnen noemen.

Kortewiek zei niet *Komt voor elkaar*, maar knikte en ging meteen een inhoudelijke discussie aan.

'Juist nu moeten we ons manifesteren in het vreemdetaleninstituut. Als we er bij de komende herverdeling van middelen niet bovenop zitten, worden we door de andere taalafdelingen helemaal overvleugeld. De vraag naar Engels, Frans en Spaans stijgt maar door, terwijl de cursussen Duits op hetzelfde niveau blijven hangen. We zakken zelfs weg naar een plek achter het Portugees, dat in de lift zit. Dat verzwakt onze positie in het vreemdetaleninstituut enorm.'

Na enige aarzeling beantwoordde hij Knirrs vraag, hoe de relatieve terugval van de cursussen Duits te verklaren was.

'Ik zie daarvoor verschillende oorzaken. Ten eerste geldt Duits niet als een wereldtaal die voor een handelsnatie als Nederland net zo nuttig is als Engels of Spaans. In de tweede plaats vinden veel van mijn landgenoten hun kennis van het Duits al toereikend.'

Niet ten onrechte, vond Knirr, tenslotte leerde toch iedere Nederlander Duits op school.

'Maar ze kunnen het als examenvak weer laten vallen, en dat doen helaas steeds meer scholieren. Daarmee ben ik bij de hoofdoorzaak van de stagnerende vraag aangekomen. Duits en Duitsers zijn niet bijzonder geliefd in Nederland.'

Daarvan zei Knirr zich bewust te zijn. Hij wees er echter op dat er ge-

1 | Spelregels

neraties opgroeiden die met de Tweede Wereldoorlog en de Duitse bezetting niets meer te maken hadden. Het probleem zou zich al snel vanzelf biologisch oplossen.

'Ik vrees dat dat niet zo heel snel gebeurt. Juist bij onze jeugd heerst namelijk een massief anti-Duits sentiment. Dat popt bij iedere aanleiding weer op, vooral bij het voetbal. Ook al lagen veel jongeren in 1974 nog in de luiers, nog vandaag de dag schuimbekken veel landgenoten van woede over de onverdiende Nederlandse nederlaag. De Duitse wereldtitel van destijds heeft zich als een tweede bezetting in het collectieve geheugen gebrand. Laat mij de reserve tegen Duitsland schetsen: voor de kolos Bondsrepubliek moet het kleine Nederland zo veel mogelijk op zijn hoede zijn, want de machtige, economisch sterke Duitsers zijn nog steeds heerszuchtig, zelfs oorlogsbelust. Hun taal vol glottisslagen en explosieven leent zich vooral voor bevelen. En om die taal onder de knie te krijgen moet men eerst de bijna onneembare geheime code van de vier naamvallen kraken. Alleen wie vastbesloten is een schip te verkopen aan een Duitser, onderwerpt zich vrijwillig aan de marteling van een opfriscursus.'

Knirr bracht daar tegenin dat godzijdank de handelsbetrekkingen tussen Nederland en de Bondsrepubliek zich pijlsnel ontwikkelden en dat dat voor het vreemdetaleninstituut in de toekomst voldoende cursisten zou opleveren.

'Zeker, we houden poot aan de grond in het vreemdetaleninstituut. Maar groeien, zoals de andere talen, kan onze afdeling Duits daar niet. En als het dan om de verdeling van *meer* geld en *meer* formatie gaat, trekken we aan het kortste eind. Zo ver mogen we het niet laten komen. We moeten als de bliksem een wervingscampagne voor de cursussen Duits opzetten, waarmee we ook nog de laatste groenteteler die zijn tomaten...'

'Watertomaten!'

'... tomaten in Duitsland wil verkopen in onze schoolbank zien te krijgen.'

Knirr keek op zijn horloge. OK, hij gaf Kortewiek zijn zegen voor die campagne, maar Kortewiek schonk zich nog een kop koffie in.

'Mijn voornaamste zorg is eigenlijk de *studie* Duitse taal- en letterkunde: daar stagneert het aantal studenten niet alleen, maar het is al een hele tijd aan het krimpen. En dat is helaas niet met een wervingscampagne goed te maken. Want waar moeten genoeg studenten Duits vandaan komen, als scholieren die wel voor Duits kiezen zich tegenover hun medescholieren moeten rechtvaardigen, ja zelfs verdedigen?'

'Zo erg?'

'Zo erg!'

2 | De gewoon hoogleraar

In de auto maakte Bernard Knirr de stropdas los, die Waltraud zelfs voor een professor aan de eerbiedwaardige Groningse Rijksuniversiteit niet nodig vond, en besloot zich te verheugen op de avond in het Klein-Mensinger molenhuis, op een steenworp afstand van de stad.

Twintig jaar geleden waren ze getrouwd. Voor een samenwonend stel zonder boterbriefje was destijds in het katholieke Münster geen woning te vinden, dus daarom toch maar een huwelijk, maar wel zonder familiefeestje. Knirr was verrast dat Waltraud haar meisjesnaam opgaf: Waltraud Knirr, zonder koppelteken.

Ze hadden elkaar pas kort daarvoor leren kennen bij een studentenprotest tegen de gastlezing van de germanist Dietrich von Walden, die zich in de nazitijd had opgewerkt. In de vijftiger en zestiger jaren had hij het in zijn Münsterse en later Freiburgse tijd toch tot germanistenpaus geschopt. Knirr schreef oude citaten op het bord van collegezaal F1 in het *Fürstenberghuis*, waarmee de grootmeester tegen de on-Duitse dichtkunst van Heinrich Heine ten strijde was getrokken.

Met een stoet professoren, docenten en promovendi germanistiek trad Von Walden naar voren en eiste verwijdering van het geklieder, voor hij met zijn lezing over Mörike zou beginnen. Maar toen kwam Waltraud in actie. In volle lengte stelde ze zich op naast Knirr, die naar haar op keek. Waltraud stak haar onderlip naar voren en blies lucht omhoog, zodat haar donkere pony opwaaide. Knirr kon er niet uit opmaken of ze zich nu frisse lucht toeblies, of dat het blazen verachting of zelfs woedende strijdbaarheid uitdrukte. Ze bleef in ieder geval vastbesloten staan, en al snel werden de gewraakte citaten op het bord door een garde van studenten afgeschermd.

Von Walden was met zijn gevolg tussen deze groep en van achteren oprukkende studenten vast komen te zitten. Een van hen maakte zich los uit de troep, tilde een emmer boven de hoofden en baande zich een weg naar Von Walden. Met de strijdkreet: 'Trek de aristocraten een rode broek aan!' zette hij zijn verfemmer op de grond, viste er een van rode verf druipende kwast uit en besmeerde de broekspijpen van Von Walden. Enkele omstanders verstarden, de menigte joelde, Knirr en Waltraud lachten niet, terwijl Von Walden met zijn gevolg zwijgend verdween.

Tot op heden, goed twintig jaar later, was Knirr er verbitterd over dat de Münstersche Zeitung de volgende dag alleen berichtte over de strijdlustige politieke clown, maar niet over de politieke actie met de citaten.

Ineens doken bij de ingang van het dorp de omtrekken van de Klein-Mensinger molen aan de dijk op uit de nevel en het schemerlicht. Op de Damsterbrug daarvoor stopte Knirr, zoals elke avond, en keek in de verte langs de traag meanderende rivier. Nu er geen zuchtje wind stond was de Damste een spiegelglad zilveren lint, aan beide oevers omzoomd door een dijk, die elke bocht in de rivier volgde. In de middeleeuwen hadden monniken het land met deze machtige aarden dammen moeten beschermen, want destijds was de rivier nog aan de getijden onderhevig.

Het molenhuis stak met zijn pannendak boven de kroon van de dijk uit, zodat Knirr vanachter het raam van zijn werkkamer boven uit kon kijken over het wijde rivierlandschap: het schilderij van een oude Hollandse meester gevat in de lijst van zijn venster. Toen hij dit gezien had wist hij: hier kan ik wonen.

Eenmaal binnen liep Knirr rechtstreeks naar de slaapkamer, om zijn nette pak uit te trekken. Levi's, die hij sinds decennia bijna uitsluitend droeg, waren er immers ook met wijdere broeksbanden. Ook het lichtblauwe overhemd, dat goed paste bij zijn vergeet-mij-niet-ogen, zoals Waltraud zei, verwisselde hij voor een donker hemd. Vandaag dus Pruisischblauwe ogen.

Waltraud wachtte beneden op hem, in haar smoezelige jeans en kakelbonte slobbertrui. Haar nieuwe Eenrumer klompen maakten haar nog groter. Net voor het donker werd was ze erin geslaagd haar kweepeerboom te planten.

'Heb je braaf met je kinderen op de universiteit gespeeld, Knirps? Je ziet er moe uit, ik pers meteen een vers levenssapje voor je. Het eten is ook klaar.' In Nederland durfde ze hem ongegeneerd hardop *Knirps* te noemen, omdat hier toch niemand wist dat dat *ukkepuk* betekende. Door de schuur, die ze als ingang, garage en tegelijkertijd als rommelkamer gebruikten – Knirr vermoedde dat al die drie functies zouden blijven – slofte Waltraud voor hem uit door de bochtige gangen, nog altijd tussen verhuisdozen door. Knirr schoof met zijn voet de klompen een beetje aan de kant, die Waltraud in het midden van de keukendeur uit had geschopt.

In de keuken heerste de Aga. Toen Waltraud het gietijzeren boerenfornuis een paar weken geleden bij het bezichtigen van het huis had ontdekt, gaf dat de doorslag om het molenhuis te kopen. Dag in, dag uit stroomde zijn brullende warmte de keuken in. In een van zijn vier ovens droogden nog appelringen, in de andere dampte rijst, pruttelde soep, geurde groente en spetterde vlees. Terwijl Knirr sap van de laatste appels van eigen oogst moest drinken ('Drink, het zijn Lunterse Pippelingen, heb ik vandaag gehoord, een oeroud Hollands ras, hoe rimpeliger, hoe gezonder'), gaf de ene oven na de andere zijn gerechten prijs, en Waltraud schoof het appeltoetje erin om een mooi korstje te krijgen. Ze zette de pannen zo vanuit de Aga op tafel, en vertelde bij elk gerecht waarom het zo buitengewoon gezond was.

'A propos *gezond*, vind je niet dat je weer een beetje aan sport moet gaan doen? Je hebt steeds wijdere jeans en kragen nodig.'

'In Nederland bestaan geen turnploegen zoals die van onze oervader Jahn zaliger', bromde Knirr onwillig.

'Ik dacht ook eerder aan oudeherenvoetbal', kaatste Waltraud de bal terug.

'Wees niet zo brutaal tegen een heer professor! Vertel hem liever eens braaf hoe het jou vandaag gegaan is. Heb je eindelijk antwoord van een school gekregen?'

'Nee, nog altijd hebben de meeste überhaupt niet gereageerd, één school heeft een afwijzing gestuurd. Ze hadden zelf genoeg leraren Duits. Truusje ...'

'Wie is dat nou weer?'

'... Truusje Geerlink, die vrouw van hier schuin tegenover, die ken je toch. Die is ook lerares Duits, en die heeft letterlijk tegen mij gezegd dat haar collega's het echt oneerlijk zouden vinden als Duitsers op hun school Duits zouden gaan geven. Natuurlijk kunnen de Nederlandse leraren Duits wat taalvaardigheid betreft niet tippen aan de Duitsers. Eerlijk gezegd, het Duits van Truusje is nogal klungelig. Volgens mij is ze opgelucht dat ze nu met mij Nederlands kan spreken.'

Waltraud had de nieuwe taal uitermate snel geleerd. Pas een paar maanden geleden had Knirr besloten de benoeming in Groningen aan te nemen. Onmiddellijk had ze zich op taalboeken en zelfs al op hedendaagse Nederlandse romans gestort. En tijdens haar lange ritten met de metro naar haar school, dwars door Berlijn, had ze op haar walkman Nederlandse taalcassettebandjes beluisterd.

'Maar ik geef het nog lang niet op om een school te vinden, Knirps. Ik kan me mijn leven op den duur helemaal niet voorstellen zonder leraarsbaan. Dat zou toch ook jammer zijn voor al die scholieren die ik echt enthousiast kan maken voor de Duitse taal. En ten slotte moet ik toch ook zorgen dat jij genoeg studenten krijgt.'

'Ach Waltraud, voorlopig heb je het immers ook nog druk genoeg met het huis. En je hoeft je ook na het inrichten niet te vervelen. Het zou een grote steun zijn voor mij als je de taalkundige correcties van de verslagen van mijn studenten op je kon nemen. En je weet dat ik ook bij mijn andere werk je hulp goed gebruiken kan.'

'Ja, en *jij* weet dat ik je natuurlijk graag af en toe help, maar dat ik beslist ook zelf iets op poten wil zetten.' Waltraud blies zich de lange grijze ponyslierten uit het gezicht.

'Als je geen school vindt, dan kan je misschien weer gaan vertalen. Dat kan je mooi hier in het molenhuis doen en je kunt je werk zelf indelen. Dan schiet er vast wat tijd over voor je echtgenoot.'

Tijdens de periodes dat hij voor onderzoek in het buitenland verbleef, had zij hele boeken en ettelijke wetenschappelijke artikelen uit het Engels vertaald. De contacten die ze destijds had met Duitse uitgeverijen kon ze van hieruit natuurlijk nieuw leven inblazen. Knirr zag hier meer kansen in dan in een baan op een school. Door de afnemende aantallen scholieren die Duits kozen waren er leraren genoeg, en beslist jongere dan Waltraud, die er geen dag jonger uitzag dan ze was. Ze moest zich in ieder geval anders kleden, en misschien ook haar haar verven.

'Zou je weer willen vertalen, Waltraud?'

'Zeker, als geen enkele school mij wil.'

'Dan hebben we al een opdracht voor je. In mijn driemaandelijks tijdschrift willen we de lezing van Patrick Wolfson, die hij op de oud-germanistendag in Londen heeft gehouden, in het Duits publiceren.'

'Wolfson, dat oud-germanistische fossiel, dat hier in Groningen schittert door afwezigheid?'

'Ach, laat die oude Wolfson maar schuiven. Hij heeft met zijn voortreffelijke publicaties de Groningse germanisten pas op de kaart gezet. En verder heb ik gehoord dat hij zich krachtig heeft bemoeid met mijn benoeming hier. Hij zou met de vuist op tafel hebben geslagen en de interne benoeming van Kortewiek hebben verhinderd met het argument dat hier een nieuw-germanist nodig is die bekend is buiten de Groningse grachtengordel.'

'En met jou hebben ze nu precies iemand die binnen de Groningse grachtengordel absoluut onbekend is.'

'Wil je Wolfsons lezing nou vertalen of niet? Anders moet ik het mijn promovendus Steen laten doen, maar die heeft er wellicht een paar jaar voor nodig en kan in die tijd beter zijn proefschrift afmaken. Wat wil je?'
'Wat betalen jullie mij daarvoor?'
'Niks. Doe je het?'
'Ik doe het.'

3 | De bijzonder hoogleraar

De tegelzetters zochten na afloop van het werk de vele onbeschadigde tegels uit de berg *Solnhofener Platten*, die ze uit de vloer op de begane grond van de villa Ubbo Emmiussingel 15 hadden gebroken. Mevrouw Kortewiek had daarin toegestemd, want ze kon met de oude beigekleurige tegels, die niet bij de tinten van haar nieuwe meubels pasten, toch niks meer beginnen. Daarom, en omdat vloerverwarming zou worden aangelegd, moesten ze eruit en door grijs graniet vervangen worden.

Madelon Kortewiek besloot de zitmeubelen, die meubelontwerper Maupertuus een week op proef in haar woonkamer had geplaatst, te kopen. Zachte, oudroze leren fauteuils, die voor extra lange mensen waren ontworpen. De notenhouten kasten van haar grootouders harmonieerden prachtig met het moderne ontwerp. De expressionistische schilderijen van het kunstenaarscollectief De Ploeg, die haar vader en grootvader verzameld hadden, vond Madelon echter te fel van kleur voor de nieuwe inrichting. Bij wijze van proef had galerie Noord een abstract ijzerplastiek gemonteerd en een spijkerreliëf van Uecker opgehangen. Je zou misschien kunstwerken uit andere vertrekken van de villa moeten herschikken en opnieuw combineren, maar Madelon wist zeker dat er weer een harmonisch interieur te creëren was.

Louis-Karel Kortewiek dronk zijn witte wijn voor het eten, zij haar mineraalwater.

'We kunnen eten, Louka, Roland komt vandaag niet.' Madelon had verschillende hapjes uit de stad meegebracht en mooi op de grote glazen

3 | De bijzonder hoogleraar

tafel uitgestald. Zij zelf at maar weinig.

'Om Roland maak ik mij zorgen, Louka. Op zijn laatste proefwerk Engels had hij al weer een mager zesje. We moeten in ieder geval voorkomen dat hij blijft zitten. Dat zou te veel zijn voor zijn gevoelige zenuwen.'

'Niet alleen voor die van hem, maar vooral voor die van zijn eerzuchtige moeder. Zeg toch tegen hem dat hij, als zijn cijfers zo slecht blijven, van het Praedinius af moet. Hij wilde zelf naar dat elitegymnasium, dan moet hij ook zijn best doen dat waar te maken.'

'Dat kan die jongen niet alleen, daar heeft hij onze hulp voor nodig. Ik heb al leraren Engels gepolst, maar die voelen er niks voor om bijles te geven, en aan studenten vertrouw ik de omgang met een overgevoelige vijftienjarige niet toe.'

'Je zou de vrouw van onze Knirr kunnen vragen. Die is ook lerares Engels en kan hier geen baan vinden.'

'Hm, ja, dat is niet zo'n gek idee, dat zou zelfs heel goed kunnen uitpakken. Als Roland Knirrs vrouw gebrekkig Nederlands hoort hakkelen, dan schaamt hij zich niet meer voor zijn Engels. Ik kan hem denk ik wel zo ver krijgen het op zijn minst te proberen.'

Kortewiek overhandigde zijn vrouw, om van onderwerp te wisselen, zwijgend een brief.

'Is dat de afwijzing?'

'Ja, geen schijn van kans. In Utrecht is geen plaats voor mij. En ik vrees, dat dat exemplarisch is voor alle universiteiten. Voorlopig komen er in Nederland geen leerstoelen Duits meer vrij, want overal zitten mensen die jonger zijn dan ik. Proost Madelon: op de eeuwige hoofddocent dr. Louis-Karel Kortewiek.'

'Gooi toch niet meteen het bijltje erbij neer. Ook hier in Groningen zijn mogelijk nog kansen om hogerop te komen.'

'Is het aan het waakzame oog van mijn echtgenote ontsnapt dat deze mogelijkheid om hogerop te komen sinds kort verspeeld is? En meneer de professor uit Duitsland die mij gepasseerd heeft wekt niet de indruk dat hij van plan is het veld weer te ruimen. Integendeel: hij bekleedt zijn ambt nog als ik al van mijn welverdiende pensioen als hoofddocent geniet. Want meneer de professor is een jaartje jonger dan ik.'

'Ach, er zijn vast zijpaadjes om toch hogerop te komen. Tenslotte ben je nu toch nog gepromoveerd, na al die tijd. En de goede oude Donneur is veel te trots op de enige doctor die hij in zijn hele professorenloopbaan opgekweekt heeft om hem als docent te laten verkommeren. Donneur koestert en onderhoudt zijn betrekkingen tot de oude universiteitsgarde en trekt op de achtergrond ook na zijn emeritaat nog krachtig aan de touwtjes, geloof mij maar, Louka.'

'Dan heeft hij die touwtjes tot een onontwarbare kabel samengefrommeld, want uitgerekend de Pruisische Knirr uit Groot-Berlijn wou hij zeker niet op het Groningse toneel hebben.'

'Nee, zeker niet, maar Théra belde mij vandaag, om te polsen wat wij van het volgende plan van haar man denken: hij wil zich er sterk voor maken op zijn minst een *bijzonder* hoogleraarschap voor jou te regelen. De goede oude Donneur wacht er nog mee jou dit voorstel direct voor te leggen. Hij onderneemt natuurlijk niks wat jij niet wilt.'

'Bijzonder hoogleraar, dat is geen leerstoel. Dan kan Knirr nog altijd alleen bepalen welke kant het op gaat met de Groningse germanistiek.'

'Onderschat het niet. Je zou dan in ieder geval hoogleraar zijn en je zelfs *professor* mogen noemen.'

'Daar koop ik niks voor.' Kortewiek schonk zich witte wijn bij.

'Toch wel, zelfs letterlijk, want er hoort ook een kleine salarisverbetering bij. Donneur wil, met zijn relaties met de politiek en het bedrijfsleven, voor de nieuwe Hanzeregio een leerstoel stichten. Dan kan je met elk project dat ook maar een beetje grensoverschrijdend klinkt, een massa geld uit de Haagse pot voor interregionale politiek krijgen. En al die internationaal opererende ondernemers, die hier in het noorden in de nieuwe Hanzeregio zitten, laten zich ook niet onbetuigd. De Nederlandse Gasunie voorop. Donneur is er zeker van dat de universiteit stervensgraag

3 | De bijzonder hoogleraar

meedoet als de leerstoel hun geen cent kost. En voor jou zou het dan toch om de hoogleraarstitel gaan, geen mens die dat *bijzonder* erbij denkt. Wie weet nou precies wat dat betekent?'

'Op de universiteit iedereen: de bijzonder hoogleraar is nou juist niet de leerstoelbekleder.'

'Mijn God, doe nou toch niet alsof het een zonderling is, Louka! Er is ook nog een wereld buiten de universiteit, en daar telt hoogleraar, zonder toevoeging!'

Kortewiek keek onrustig langs zijn vrouw heen naar buiten. Ze vulde zijn wijnglas opnieuw en vervolgde: 'Je zou met je hoogleraarstitel een platform kunnen creëren om je bekendheid te vergroten.'

'De hooggeleerde heer van stand
is wereldberoemd in 't Groningse land',
rijmde Kortewiek grijnzend, maar Madelon negeerde zijn dichtkunst.

'Welke burgemeester nodigt een universitair docent Duits als gastspreker uit voor de ontvangst van een delegatie uit Duitsland? Studievriend of niet, geloof mij, Louis-Karel Kortewiek is zelfs bij een officiële ontvangst door zijn oude makker, de burgemeester van Groningen, alleen als hoogleraar welkom.'

Kortewiek hield zijn samengevouwen handpalmen voor zijn mond en keek zijn vrouw aan, die vervolgde:

'Je zou je in zulke spreekbeurten in ieder geval een beetje over de grenzen van de zuivere taalwetenschap heen moeten wagen.'

'Letterkunde is volgens afspraak klip en klaar de zaak van Knirr, hij is onze literatuurman', wierp Kortewiek tegen.

'Dat kan hij immers ook blijven, in ieder geval binnen de universiteit. Maar met strikt linguïstische lezingen over het voegwoord *ob* win je buiten de universiteit natuurlijk niet de hoofdprijs. Ik denk aan wat anders: je windt je er toch al een tijd over op dat de filologen straks in plaats van de klassieke tweedeling *taal en letterkunde* naar *taal en cultuur* toe willen?'

'Klopt, zuiver boerenbedrog is dat, want meer dan letterkunde bestuderen doen ze natuurlijk niet, ook niet na die geweldige herdefiniëring, dat kunnen ze immers ook helemaal niet. Filologen zijn tenslotte geen juristen, historici, kunsthistorici en economen, kookkunstenaars of wat verder allemaal nog onder cultuur hoort. Cultuurdilettantisme wordt dat.'

'Nou ja, misschien een klein beetje dilettantisme en misschien ook een beetje boerenbedrog, maar in ieder geval een onontkoombare toekomsttrend, en daar zou je je toch alvast een beetje aan kunnen aanpassen? Het gezag over de hele Duitse cultuur eist jouw professor uit Duitsland toch niet op?'

Kortewiek keek zijn vrouw indringend aan.

'Jij wilt mij dus een bijzonder hoogleraarschap aansmeren en daarbij aanzetten tot bijzondere activiteiten waarmee Knirr gepasseerd wordt?'

'Hoezo Knirr gepasseerd? Hem kent toch niemand hier. Niemand zou in de verste verte op het idee komen om hem als gastspreker bij officiële gelegenheden uit te nodigen. Jij maakt je toch de hele tijd vrolijk over zijn gestamel in het Nederlands. Jij daarentegen bent een briljant redenaar, dat weet je zelf als geen ander. En jou kent iedereen hier, die enige status heeft. Ze zitten allemaal in de startblokken om met *professor* Louis-Karel Kortewiek te kunnen pronken bij alle mogelijke feestelijke gelegenheden. En passant, jij slaat inderdaad geen slecht figuur. En ik ben vermoedelijk niet de enige die jouw charme opmerkt.'

'Ach Madelon, met of zonder charme, voor mij is alle hoop vervlogen, kijk nou eens naar die brief uit Utrecht.'

'De Utrechtse mislukking wil ik helemaal niet mooier maken, maar dat wil niet zeggen dat je niet verder komt dan hoofddocent in je carrière. En zelfs het bijzonder hoogleraarschap hoeft niet per se het eindpunt te zijn. Je wilt het niet inzien, maar een bijzonder hoogleraar heeft ook binnen de universiteit echte hoogleraarsrechten. En zodra er germanisten rondlopen die bij jou hun proefschrift hebben geschreven, ben jij zonder beperkingen professorabel. Verpest je kansen niet door elitaire arrogan-

3 | De bijzonder hoogleraar

tie. Van je zoon verlang je dat hij voor zijn schoolcarrière vecht, vecht jij dan ook voor jouw carrière aan de universiteit. Bij je inaugurele rede ...'

'Niet op de zaken vooruitlopen, Madelon, ik heb tegen de plannen die jullie achter mijn rug om smeden nog helemaal geen *ja* gezegd.'

'Dat komt nog wel, laat mij toch eerst uitpraten. Dus, bij je oratie moet je het voegwoord *ob* mooi laten rusten, dat is te linguïstisch, te academisch, te droog. Laat je niet in de taalkundige hoek drukken.'

'Maar dat is mijn vakgebied, daar voel ik me in thuis. Je kunt je voor een inaugurele rede toch niet op volledig nieuwe terreinen inwerken.'

'Je kunt toch meer dan het voegwoord *ob*! Als hoogleraar bij de gratie der nieuwe Hanzeregio zou je toch in ieder geval regelmatig aandacht moeten besteden aan de culturele betrekkingen tussen de grensregio's hier in het noorden. Waarom zou je daar niet mee beginnen in je oratie? Bij zo'n gebeurtenis zijn veel Nederlandse prominenten aanwezig en natuurlijk de hele universiteit en tout Groningen. Die kan je rustig duidelijk maken dat je hier geworteld bent. Speel je thuiswedstrijd! Zet de globetrotter Knirr buitenspel!'

'Kalm aan, Madelon! Die amorfe cultuurbrij wil mij absoluut niet smaken. In een oratie zou een germanist toch dichter bij de Duitse taal- en letterkunde moeten blijven.'

'Waarom niet? Dat kan je natuurlijk doen! De germanistiek hoort ten slotte ook bij de cultuur, en wat nog mooier is, de germanistiek bestaat ook hier in het noorden, en wel op de universiteit van Groningen. Spreek dus over de germanistiek aan de universiteit Groningen! Die ken je van haver tot gort, de langste periode van haar geschiedenis heb je tenslotte zelf meegemaakt.'

'Overdrijf niet zo, honderd jaar of zelfs langer ben ik hier nog niet bezig.' Kortewiek legde zijn handen tegen elkaar en vervolgens tegen zijn mond. Zijn ogen bleven geconcentreerd op zijn voeten gericht. Na een poosje stond hij op en keek Madelon aan, die rustig bleef wachten.

'Inderdaad, men zou aan de hand van de thema's van de hoorcolleges kunnen wijzen op de ontwikkelingen en accentverschuivingen in de germanistiek in Groningen. Dat is te doen, en dat zou voor de meeste toehoorders ook interessant zijn.'

'Ik kan Théra dus berichten dat je Donneur voor het bijzonder hoogleraarschap groen licht geeft?'

'Groen licht voor het bijzonder hoogleraarschap.'

4 | Lady Macbeth

Bezweet stapte Roland van zijn fiets. Staande in de schuurdeur had Waltraud hem aan zien komen. Twijfelend of hij Duits met haar moest spreken, of hij ‚u' tegen haar moest zeggen, en wie aan wie de hand moest reiken, ging hij op haar toe. Waltraud stak hem haar hand toe en zei in het Nederlands dat zij Waltraud was, en hij dan zeker Roland.

‚Rolánd', verbeterde hij met een Frans accent en volgde haar door de rommelschuur naar de keuken. Waltraud had de keukentafel ontruimd en een stapel Engelse boeken neergelegd. Om warm te worden was er thee, en een inleidend praatje in het Nederlands, waarin Waltraud over zichzelf vertelde. Daarbij vroeg ze Roland haar taalfouten te corrigeren. Veel waren het er niet.

Roland had een duidelijk idee van de inhoud van haar Engelse lessen: geen grammatica, geen woordenschatoefeningen, en vooral geen algemeen gezwets.

'Op het gymnasium gaat het tegenwoordig tenslotte niet meer om toeristen-Engels, maar om tekstverklaring.'

Het verwijt kwam Waltraud bekend voor. Als jonge leraren gaven ze hun onderwijs in het Engels, en hadden ze zich steeds tegen de aanval van de gevestigde vreemdetalendocenten moeten verdedigen dat ze zwetsers opleidden, die alleen maar wat voorgedreunde zinnetjes konden nakletsen. Welke teksten van niveau dan ter verklaring op zijn gymnasium werden gebruikt, wilde Waltraud van Roland weten.

'Macbeth.' Waltraud keek hem verbaasd aan.

4 | Lady Macbeth

'Van Shakespeare.' Dat wist Waltraud.

'Ik moet een werkstuk over Lady Macbeth schrijven. Dat moet ik inleveren bij de leraar, en dan moet ik het ook nog voor de klas mondeling presenteren, in het Engels. Van u wil ik alleen hulp bij het werkstuk. Als ik dat achter de rug heb, wil ik verder geen hulp meer.'

Okay, Waltraud beloofde zich voor de volgende les daarop voor te bereiden. Ze vroeg hem nu eerst maar eens de inhoud van het drama in grote lijnen weer te geven. Dat mocht hij gerust in het Nederlands doen. Roland had het stuk tot nu toe namelijk alleen in een Nederlandse samenvatting gelezen en het kortgeleden in de Groningse Schouwburg op het toneel gezien.

'Al die heksentoverij hadden ze rustig kunnen schrappen. Macbeth en zijn Lady schudden het zaakje ook zonder al die drukte genoeg op. Die Lady is vet eerzuchtig. Die wil helemaal naar de top, die is alleen maar bezig haar Mac op te stoken om koning te worden. Via de achterdeur wordt zij dan koningin. Wat een achterbaks wijf.'

Waltraud wierp tegen dat de geschiedenis zich immers in de elfde eeuw afspeelt, toen kon een vrouw alleen samen met haar man, indirect, zogezegd door middel van haar man, hogerop komen.

'Dan hoeft ze nog niet zo doortrapt te zijn: de Lady wil haar edele handen niet vuil maken en hitst haar man genadeloos op de koning te vermoorden. En dan kan hij op de blaren zitten, maar zij komt er mooi vanaf. Wat een gewetenloos mens.'

Of Lady Macbeth, die in waanzin en dood wegzinkt, er zo mooi vanaf komt, dat zei Waltraud te betwijfelen.

'Waanzin? Bedoelt u die tic met dat voortdurende handenwassen?'

Dat bevestigde Waltraud. Die dwangneurose kon Roland toch zeker wel verklaren?

'Nou ja, de Lady wil het bloed van haar handen wassen.'

Aha, dan had ze dus toch haar edele handen vuil gemaakt?

'Indirect, ja', gaf Roland toe, 'met dat wassen wil ze zich als het ware schoonwassen van het ophitsen tot koningsmoord. Maar om dat duidelijk te maken aan de toeschouwers hoeft ze toch niet de hele tijd handenwassend over het toneel te rennen. Steeds maar hetzelfde, geen ontwikkeling, dat werkt je toch op de zenuwen.'

Waltraud vroeg of ze haar handen werkelijk vanaf het begin voortdurend wast.

'Nee, vlak na de moord vindt ze haar handen eerst helemaal niet zo vuil, de tic ontwikkelt ze pas daarna.'

Dan was er dus toch een ontwikkeling, constateerde Waltraud. In welke richting?

'Nou ja, de Lady krijgt eigenlijk gewetenswroeging.'

Juist, en daaraan bezwijkt ze, concludeerde Waltraud.

'Als je't zo bekijkt krijg je aan het eind bijna medelijden met de Lady.'

Toen ze Knirr in de keuken zagen staan, merkten Roland en Waltraud dat hun eerste Engelse les afgelopen was.

5 | Duitslandstudies

'Wij met onze armzalige studentenaantallen zijn als eerste aan de beurt bij de grote bezuiniging. En als ze echt overgaan tot het schrappen van docentenbanen, vliegt onze nieuwe aanwinst uit het deftige Amsterdam er als eerste uit. Last in – first out.'

De vergadering volgde Kortewieks blik in de richting van Eelco Terlouw, die Knirr luttele weken na zijn eigen aantreden van de gerenommeerde afdeling vergelijkende literatuurwetenschap van de Amsterdamse Vrije Universiteit had kunnen aantrekken. Daar was Terlouw op de literaire betrekkingen tussen Berlijn en Amsterdam voor 1940 gepromoveerd. Hiermee en met tamelijk veel andere publicaties had hij internationaal naam gemaakt.

De erkenning die hij genoot was hem niet aan te zien: een gedrongen middendertiger in een corduroy broek en een trui van een ondefinieerbare kleur. De donkere randen van zijn zware brilmontuur konden zijn loensende ogen niet in één richting dwingen. Steeds weer draaide een oog naar buiten af. Terlouw bespaarde zijn gesprekspartners de twijfel op welk oog ze zich moesten fixeren, doordat hij zijn blik zoveel mogelijk langs hen heen, naar beneden richtte.

Natuurlijk zou hij ook ergens anders op de wereld een baan kunnen vinden, maar zijn vrouw was bezig met haar proefschrift, waarvoor ze archiefmateriaal van de stad nodig had: *Heksen voor het gerecht: analyse van Groningse verhoorverslagen*. Ondertussen had Hanne (Heksen-Hanne) echter met drie zwangerschappen het afronden van haar dissertatie voor zich uitgeschoven. Voor het grote, misschien nog groeiende gezin bood het Groninger Ommeland betaalbare woonruimte. Hanne en Eelco Terlouw hadden dus zwaarwegende redenen om in Groningen te blijven.

Vertrek van Terlouw zou een gevoelig verlies betekenen voor het literatuurwetenschappelijk onderzoek hier, zonder hem zou Knirr opgescheept zitten met uitsluitend de ongewenste erfstukken, zoals Waltraud de medewerkers noemde die haar man hier had aangetroffen. Terlouw moest beslist blijven. Kortewiek zei:

'Misschien is het voor de krentenwegers in de faculteit al voldoende dat Patrick Wolfson over een paar maanden eindelijk met pensioen gaat. Zijn leerstoel oud-germanistiek wordt niet opnieuw bezet, dat hoor je overal. Daarmee heeft de afdeling germanistiek dan toch genoeg aan de bezuinigingen bijgedragen. Op die manier deugt die oude Wolfson, die er nooit is, tenminste nog als kreukelzone voor onze vakgroep.'

Knirr verbeet de neiging om tegenover de *kreukelzone* de wetenschappelijke verdiensten van de oud-germanist in te brengen. Hij was bang dat te veel waardering voor de gerenommeerde collega voor dankbaarheid zou worden aangezien voor diens inzet om Knirr naar Groningen te halen. En Knirr stond zelfs de geringste zweem van gekonkel tegen. Dus beperkte hij zich tot de vaststelling dat het afbreken van een in decennia opgebouwde onderzoekstraditie geen *prestatie*, maar een *verlies* zou betekenen. Voor het overige vond hij dat het voortbestaan van de Groningse germanistiek niet uitsluitend met het vertrek van Wolfson zeker kon worden gesteld.

Veeleer zou de overblijvende groep nieuw-germanisten haar bestaansrecht op eigen kracht moeten bewijzen, om haar positie in de universiteit vast te verankeren door verder te werken aan onderwijs en onderzoek. Hij zou een netwerk willen creëren met andere onderzoeksafdelingen, waaruit men hun groep dan niet zonder meer kon losweken. Dat was voor Terlouw het signaal om zijn en Knirrs plan voor een grensoverschrijdend interdisciplinair onderzoeksproject uit de doeken te doen.

'Ik heb zowel in Bremen alsook bij onze kunsthistorici en neerlandici hier in Groningen gesondeerd of ze aan een project over *avant-garde in het noorden* willen meewerken, dat voor uitbreiding vatbaar is. Knirr zal dan een promovendus inzetten om stromingen in de Duitse literatuur van het expressionisme tot aan de nieuwe zakelijkheid te onderzoeken. De kunsthistorici en neerlandici hier zijn enthousiast en werken volop mee, en in Bremen wil men de zaak vanuit Duits perspectief benaderen.'

'Mooi plan. De faculteit – die het water tot de lippen staat, zoals op zijn laatst sinds een paar minuten iedereen die hier aanwezig is bekend mag zijn – zal heel blij zijn nog een promovendus op de loonlijst te krijgen', bitste Kortewiek.

'De faculteit hoeft helemaal niets te betalen. Knirr heeft de VW-stichting gevraagd het totale project te financieren.'

'Ik zou nooit in zo'n auto van het Duitse volk gaan rijden, maar geld kan men van die lui uit Wolfsburg toch wel aannemen', fluisterde Lies de naast haar zittende Kortewiek toe.

'Daaraan herken ik mijn Nederlanders, Lies: het fijne neusje ophalen voor het volkse verleden van de Duitse buren, maar als het om geld gaat is het *business as usual*.' Kortewiek richtte zich tot de hele vergadering:

'Dat is blijkbaar allemaal al keurig netjes geregeld, *und läuft und läuft und läuft*.' Hij citeerde een oude reclamespot voor de Volkswagen-kever. 'Maar tegen het verlies van onze arbeidsplaatsen zal ook VW ons in de toekomst niet kunnen beschermen.'

Knirr legde uit dat het onderzoeksproject onderdeel uit ging maken van een groter geheel. Ook de onderwijspoot van de Groningse germanistiek wilde hij in een netwerk opnemen om daarmee haar voortbestaan zeker te stellen. Hij dacht aan een interdisciplinaire afstudeerrichting met misschien de naam *Duitslandstudies*. Daarin zouden de germanisten met historici, sociologen, juristen en wellicht ook economen samen kunnen werken. Als voor de realisatie van deze studierichting ook nog een Duitse partneruniversiteit gevonden kon worden, zou de financiering verzekerd zijn. Hij dacht aan Oldenburg. Voor grensoverschrijdende Euregio-projecten waren namelijk overvloedig middelen beschikbaar uit EU-fondsen. 'En wie moet dat allemaal organiseren?' vroeg Kortewiek. 'We hebben immers allen ook nog verplichtingen bij het vreemdetaleninstituut hier aan de universiteit. Ik moet in ieder geval veel tijd in mijn managerscursussen steken.' Iedereen in de kamer wist dat Kortewiek zich onlangs op een hypermodern multimedia-concept voor het vreemdetaleninstituut gestort had. Momenteel knutselde hij aan een interactieve CD-ROM. Waar hij het wonderding al gebruikte, werden simpele cursussen Duits tot workshops voor managers die veel belangstelling trokken. De faculteit was zeer verheugd over deze inkomstenbron, waar overigens Kortewiek zelf ook uit putte.

Ook Knirr haastte zich te verzekeren dat hij in geen geval de bedoeling had Kortewieks handelsgeest in de weg te zitten. Diens *economische betrekkingen* pasten veeleer uitstekend in zijn strategie om de Groningse germanistiek meervoudig te verankeren. Terwijl Kortewiek zijn buitenuniversitaire, ook voor de faculteit lucratieve activiteiten ontplooide, was hij, Knirr, graag bereid de organisatie van de Duitslandstudies in de aanloopfase samen met Eelco Terlouw over te nemen, en hij dacht aan Lies als hoofd van dit grensoverschrijdende vak, zodra ze haar promotie had afgesloten.

'Dat is werkelijk een meesterlijke strategie op meerdere fronten: hou Lies de Brusselse worst voor de neus en prompt spuugt ze de semantiek van de adjectieven *gut* en *schlecht*, *schön* en *hässlich* uit', riep Kortewiek en, overdreven ver naar Lies overbuigend: 'Wat vindt de uitverkorene van dit carrièreperspectief aan de universiteit alhier?'

'Hou op, Louka! Ik moet hier eindelijk een tweede poot aan de grond krijgen naast die in de zuivere wetenschap. Op het vreemdetaleninstituut vragen immers intussen alle goed betalende managers naar hun goeroe Kortewiek. Daar komen wij normale stervelingen nauwelijks nog aan te pas. De Duitslandstudies kunnen mij in ieder geval de nodige zekerheid bieden. De faculteit kan je dan niet meer van vandaag op morgen wegbezuinigen, toch?'

'Nee, en niet alleen jij zit goed, maar ook de hele groep germanisten. Want als we eenmaal met de andere disciplines hier en met Oldenburg verbonden zijn, kan men ons daar nog moeilijk uit losweken. En mensen van de vakgroep de laan uitsturen is tenslotte helemaal niet meer aan de orde als we het grote geld uit Brussel krijgen.' Terlouw beschreef de zegeningen van de Duitslandstudies voor de Groningse germanistiek zo enthousiast dat zelfs Kortewiek enigszins warm liep voor het plan. Knirrs dubbelstrategie voor het behoud van de vakgroep door netwerken te vormen van zowel onderwijs als onderzoek kon immers doorgaan zonder dat Kortewieks managerscursussen in gevaar kwamen.

Zeer tevreden sloot Knirr de vergadering. Alle deelnemers schoven hun stoel raspend over de versleten houten vloer onder de grote tafel. Omdat Knirr niet alleen vergaderingen, maar ook colleges in zijn kamer hield, had hij alles wat er aan stoelen in de bergruimte te vinden was bij elkaar gezocht en meerdere eenvoudige houten tafels tegen elkaar gezet zodat een groot tafeloppervlak ontstond. Met een bureau in de hoek en daarnaast een computertafel, pal voor het raam, boekenplanken en een oud schoolbord aan de wanden was de kamer vol.

6 | De Gallische haan

'De Nederlandse Gasunie heeft het geld al rijkelijk laten vloeien, om de faculteit zo achter de broek te zitten jou nu al tot hoogleraar te wijden, Louka', merkte Lies op, toen ze naast Kortewiek naar zijn werkkamer liep.

'Tot *bijzonder* hoogleraar, lieve Lies. Je zou toch eens in de hiërarchie moeten thuisraken, waar jij jezelf ook voortdurend in naar boven beweegt.'

Ze volstond echter met te wijzen naar het splinternieuwe bordje op de deur, waarop *Professor dr. Louis-Karel Kortewiek* stond, zonder het woord *bijzonder*. Grijnzend deed hij voor Lies, en voor de gehele vakgroep die achter haar aan kwam, de deur open. Ook aan de inrichting van de hoogleraarskamer had de Nederlandse Gasunie, die in Groningen zetelde, een niet geringe som geld gespendeerd. Topmanagers van de gasgigant, die nauwe betrekkingen met Duitsland onderhield, liepen sinds enige tijd Kortewieks werkkamer plat. Ze hadden een voorkeur voor design en zaten tijdens hun Duitslandkundige managerscursussen niet graag op houten universiteitsstoelen.

Met het geld van de Gasunie, de smaak van Madelon Kortewiek en de hulp van binnenhuisarchitecten uit de regio was de ruimte met meubelen van staal en glas licht en luchtig, bijna doorzichtig ingericht. Op het geluiddempende tapijt stonden Kortewieks geliefde Mies van der Rohestoelen en twee lichtobjecten. Uitgekiende wandsystemen verborgen de apparatuur voor zijn media ondersteunde colleges. Een lange glazen tafel was diagonaal geplaatst om de ruimte optisch te vergroten. Als hij aan het werk was troonde Kortewiek aan de kop van de tafel, die een bocht maakte. Van daaruit kon hij de bezoekers tegemoet treden, die langs de lange kant van de tafel naar hun gastheer toe liepen.

Vandaag had Kortewiek wat hapjes en drankjes op de tafel laten zetten, om de vakgroep zijn benoeming tot hoogleraar officieel mee te delen.

Omdat Knirr het Nederlands nog onvoldoende beheerste, hield wetenschappelijk medewerker Pieter Steen de felicitatietoespraak. Op zijn plompe sneakers slofte hij naar de glazen tafel, sjorde zijn jeans omhoog, frommelde een papiertje uit zijn broekzak, trok zijn broek weer recht, wiste zich het zweet van het voorhoofd, schraapte zijn keel, vouwde het papiertje open, keek Kortewiek ontroerd aan en begon:

'Lieve Louka, aan dit papiertje hier kan je zien dat je ons met je aankondiging niet verrast hebt. Iedereen in deze kamer zal het met mij eens zijn als ik jouw benoeming tot hoogleraar erg laat, dus in ieder geval niet verrassend noem. Het is mij een eer jou uit naam van de vakgroep toe te mogen spreken. Ik ben in dit gezelschap degene die het langst met jou heeft samengewerkt. Ik wil nu kort schetsen hoe ik jou, en je grote peetvader, de goede oude Donneur, ervaren heb.

Toen ik twintig jaar geleden begon met mijn studie Duits in Groningen, droeg de vakgroep het stempel van de eminente Marc Donneur. Hij kwam ons voor als een koning. Toen ik als student-assistent voor het eerst met jou bij hem thuis werd uitgenodigd, was het voor mij alsof ik aan het hof mocht verschijnen. Aan het Franse hof, om precies te zijn. Ook al was Donneur in het noorden beland – zijn villa stond in Groningen, zijn vrouw was Friezin – toch was hun leefwijze Frans. En dat Bourgondische heeft mij, als puriteinse Hollandse tandartszoon, toen buitengewoon geïmponeerd. Maar jij voelde je daar blijkbaar helemaal in thuis. Mevrouw Donneur liet aan jou de gastheertaken over, als Donneur bijvoorbeeld aan de vleugel was gaan zitten en van geen ophouden wist met zijn Boulez-sonate. Dat was voor ons studenten de grote wereld, en niet weinigen hebben jou erom bewonderd dat jij je daar ongedwongen in kon bewegen.'

Onaangenaam getroffen door de milieuschets van Pieter Steen, legde Kortewiek zijn handen tegen elkaar voor zijn mond. Lies fluisterde hem toe:

'Die goede manieren zijn het kleine Louis-Kareltje zeker al bij de bankiers in het mooie Amsterdamse grachtenhuis met de paplepel ingegeven, om zijn carrière te bevorderen.'

Toen Kortewiek zich oprichtte van de glazen tafel, waarop hij geleund had, keek Pieter Steen hem aan en richtte zijn lofprijzingen nu eerst meer op Donneur.

'Donneurs ongelooflijk veelzijdige eruditie verleende hem een overtuigende autoriteit. Op zo'n avond heb ik van Donneur meer geleerd dan in alle schooljaren bij elkaar. De jongste Documenta in Kassel? Donneur was er geweest. Het schandaal van de opheffing van het Noordelijk Filharmonisch Orkest? Donneurs protestbrief besloeg bijna een hele bladzijde in de NRC. Een opkomende Duitse filosoof? Donneur had zijn nieuwste boek gelezen. Ik niet alleen, maar iedereen luisterde aandachtig zodra de man zijn mond opendeed.'

'Amen', zei Kortewiek.

'Ja, ik weet dat zijn, toegegeven, soms autoritaire gedrag toen al niet meer van die tijd was, maar ik heb er nooit onder te lijden gehad. Jij daarentegen eigenlijk wel, Louka. De eerste colleges die ik bezocht, heb jij als jonge wetenschapper gegeven, als tenminste Donneur zich er niet in mengde. Hij kwam vaak midden in het college de zaal binnen, zijn podium, onderbrak jou, stelde vragen, overhoorde je zelfs, gaf commentaar, ging in tegen je stellingnames en nam vroeger of later het hele college over. Ik had toen bijna medelijden met je, maar de colleges werden echt boeiend. Ons studenten werd duidelijk dat germanistiek ook dan spannend kan zijn, als het erom gaat de functie van slechts een enkel woord te onderzoeken. Donneur en jij, jullie hebben mij de linguïstiek in gedreven, en daarin was deze vakgroep goed.

6 | De Gallische haan

Vaak heb ik gewenst Donneurs - en ook jouw – overwicht te bezitten, als ik voor de tigste keer mijn linguïstische onderwerpen aan leken uit moest leggen. Wie Nederduitse en Oost-Nederlandse dialecten tot in detail wil onderzoeken oogst nu eenmaal niet zoveel bijval als iemand die in vogelvlucht grootsprakig opgezette literaire vergelijkingen ontvouwt.'

Pieter Steen merkte de lichte onrust onder de toehoorders niet op. Men schraapte de keel, keek heimelijk naar Knirr, de vogelvlucht-literatuurwetenschapper, maar die reageerde niet. Had hij de steek onder water niet door? Steen sprak rustig verder:

'Donneur en jij, Louka, jullie hebben het toch voor elkaar gekregen met gedegen linguïstisch onderzoek naam te maken. Waar Donneur mij als een koning, als Lodewijk XIV zelf voorkwam, dan was jij voor mij vanzelfsprekend de kroonprins Louis-Karel. Het heeft zeker niet alleen mij verrast, dat, na onze Gallische haan Donneur, niet de prachtvogel van hier binnenvloog, maar een Pruisische adelaar op het nest werd gezet.'

De toehoorders verstijfden. De studenten keken vol spanning naar de uiterlijk rustige Knirr. Eelco Terlouw richtte zowel zijn linker- als zijn rechteroog ingespannen op het tapijt. Lies keek Kortewiek ontzet aan. Die probeerde de blik van de redenaar op te vangen, maar Pieter Steen staarde op zijn papiertje en ging onverstoorbaar verder:

'De vakgroep germanistiek verandert in een ras tempo, moest ook wel veranderen. Wij oude Donneuradepten zullen op veel gebieden anders moeten gaan denken, nieuwe medewerkers zijn bezig onze vakgroep, ons vak om te bouwen. Dat noemt men dan wel een verrijking. Anderen zullen erbij komen en hun stempel erop drukken. Dat zullen dan wel stappen vooruit zijn die een wetenschapper zou moeten toejuichen. Toch ben ik blij dat met jouw hoogleraarschap, lieve Louka, naast al het nieuwe, ook de oude traditie van onze vakgroep germanistiek in ere wordt gehouden. Je hebt je hoogleraarschap verdiend, Louka, ik feliciteer je daar namens alle germanisten van harte mee.'

De heren schudden Kortewiek met een gelukwens de hand; Lies, de studentes en de secretaresses kusten hem op de wang. Hij bedankte kort voor de toespraak. Al snel nam de ene medewerker na de andere afscheid. Van de hapjes en drankjes bleef veel over. Toen iedereen weg was, schonk Kortewiek zijn wijnglas keer op keer vol, maar hij hield er een onaangename smaak aan over.

7 | Krans van professorendames

De geur van koffie vermengd met allerlei damesluchtjes, gekletter van vaatwerk en vrouwenstemmen die oplosten in een onverstaanbaar geroezemoes kwamen Waltraud tegemoet, nog voor ze de Engelse zaal binnenstapte. De krans van professorendames hield in de kleine pronkzaal, met Engels aandoende pasteltinten en veel bladgoud gedecoreerd, een ontvangst en een lezing. Waltraud had een brief gekregen dat het de professorendames een eer zou zijn haar als een van de haren in hun midden te mogen begroeten.

Toen Waltraud daarbinnen al die gekapte hoofden, parelkettingen, zijden sjaaltjes, tweedpakjes, geruite plooirokken en bij de handtasjes passende schoenen zag, was ze opgelucht dat ze niet voor een spijkerbroek had gekozen, maar voor een rok met een niet-zelfgebreide pullover. De meer dan tien jaar oude combinatie zat wel een beetje strak, Waltrauds buik welfde zich naar voren, het kruis van de onwennige panty was verschoven, zodat de vleeskleurige kousen rimpelden, en de ongetwijfeld gemakkelijke schoenen pasten noch wat vorm, noch wat kleur betreft bij de rest van de outfit.

Onzeker stond Waltraud in de deuropening en keek om zich heen. Ze was blij dat ze achter in de zaal Madelon Kortewiek aan een tafel zag zitten. Meteen maakte Madelon zich los uit het groepje en kwam Waltraud tegemoet, om haar bij haar kennismakingsronde met alle professorendames te begeleiden. Haar peper- en zoutkleurige haar verraadde niet of en waar ze echte grijze lokken had. Ze droeg slechts een paar eenvoudige sieraden. Haar donkere kleding was in die zin decent, dat men figuurpro-

7 | Krans van professorendames

blemen niet eens kon vermoeden: een wijd vallend jasje, een kuitlange rok met een bescheiden split, onopvallende kousen in dezelfde kleur als jasje en rok, gemakkelijke pumps met halfhoge hakken, waarmee ze zeker voor de dag kon komen.

'Wij tutoyeren elkaar hier. Kunnen wij dat ook doen?' Waltraud knikte.

'Ik stel je de aanwezigen voor, met hun voornaam, goed?' Waltraud drukte zeker vijftig van fonkelende ringen voorziene handen van dames, die samen Miekeliestrienketillygrietinge heetten. Met al die klingelende i's kon ze geen enkele naam onthouden, tot Madelon haar tenslotte naar haar tafel achterin leidde.

Daar troonde mevrouw Donneur. Van haren tot pumps was alles aan haar in grijstinten op elkaar afgestemd, ook het geenszins ouderwets uitziende Chanelpakje. Vermoedelijk had ze tientallen jaren met ijzeren discipline op haar figuur gelet: slank, groot, rechtop. Nog sterker dan vroeger werd haar gezicht gedomineerd door haar zwarte ogen: stukjes steenkool in een thans rimpelig, bruingetint gezicht, dat door het zilvergrijze haar als door een aureool werd omgeven. Haar neus en jukbeenderen waren in de loop van de jaren scherper uit gaan steken, niet meer louter markant, maar hard. Zonder Madelons introductie af te wachten reikte mevrouw Donneur Waltraud de hand.

'U moet Waltraud Knirr zijn', wat Waltraud braaf bevestigde.

'Ik ben Théra Donneur, uw voorgangster als het ware. Fijn, dat ik u eindelijk leer kennen. Marc en ik hadden u en uw echtgenoot graag eens bij ons thuis willen begroeten.'

Madelon was klaarblijkelijk op dit verwijt voorbereid geweest en wendde zich al bij het woord *voorgangster* tot de andere dames aan het tafeltje en begon een ander gesprek. Met een borende, donkere blik nam mevrouw Donneur Waltraud op en vervolgde koel glimlachend:

'Wij wonen in Friesland, helemaal niet ver van Groningen. We zijn meteen na het emeritaat van mijn man de stad uit getrokken en hebben

Krans van professorendames | 7

mijn ouderlijk huis verbouwd om daar te gaan wonen. Zo wilden wij voor de opvolger van mijn man, dus uw echtgenoot, in Groningen de weg vrij maken.'

Nu hadden de Donneurs hun woonplaats vrijgemaakt voor Knirrs, en die verzuimden prompt bij het zich opofferende paar hun opwachting te maken en hun dank te laten blijken. Mevrouw Donneur wachtte Waltrauds verklaring niet af en vervolgde meteen op haast verzoenende toon:

'Nou ja, aan wonen in een vreemd land moet men natuurlijk wennen en dat heeft tijd nodig. Maar u kunt het verzuim goedmaken. Elke eerste vrijdag van de maand hebben we onze Jour Fix.'

Daarna wendde ze zich weer tot de andere dames. Een van hen betrok Waltraud bij het gesprek dat gaande was.

'We hebben het net over onze regelmatige bezoeken aan Oldenburg. Een degelijke stad met uitgesproken smaakvolle boutiques. Ik heb daar mijn favoriete merken gevonden. Je bent er zo, de grens bestaat immers niet meer. Jij rijdt zeker ook regelmatig even naar Oldenburg, Waltraud, om wat vaderlandse lucht op te snuiven?'

Waltraud moest bekennen dat ze Oldenburg niet kende en ook niet het daarna aangeprezen Kurpark van Bad Pyrmont. Zelfs over de geweldige Platduitse uitzendingen op NDR 3 kon ze niet meepraten. Waltraud probeerde de verhalen over hordes Nederlandse grootvaders te geloven, die tot aan de Oostzee waren gereisd en zich met hun Gronings dialect overal verstaanbaar hadden kunnen maken.

'Jullie Platduits en ons plat Gronings zijn een en hetzelfde. Een taalgrens is er niet', riepen de dames verrukt uit. Waltraud kon echter geen Platduits spreken, en ook haar Nederlands was nog ontoereikend voor de grensoverschrijdende storm van enthousiasme.

Voordat de dames uitgeput raakten in hun Duitsvriendelijke onderwerpen, betrad de spreker van de dag het spreekgestoelte. Voor het uitsluitend vrouwelijke publiek was natuurlijk een pedagoog uitgenodigd. Die sprak over de voorschoolse educatie in Nederland, waarbij hij

7 | Krans van professorendames

de Nederlandse aanpak waarin veel ruimte was voor spelen en fröbelen, afzette tegen de kazerneachtige kinderbewaarplaatsen in Duitsland, met tucht, orde, ja meneer en opstaan-zitten.

Waltraud, die Fröbel tot dan toe voor een *Duitse* kleuterschoolpedagoog had gehouden, begreep weliswaar niet alles, maar Madelon Kortewieks frons bevestigde haar onbehagen. Nauwelijks was de spreker klaar, of mevrouw Donneur stevende resoluut op hem af en wees discreet in Waltrauds richting, waarop de spreker naar haar tafeltje toekwam.

'Als ik had geweten dat er ook Duitsers onder de toehoorders zijn, had ik mijn lezing minder aangescherpt.' Moest dat doorgaan voor een verontschuldiging?

Ze was, ook al kwam ze uit Duitsland, zelf pedagoog, antwoordde Waltraud en wist uit dien hoofde hoe leerzaam aangescherpte vergelijkingen konden zijn en ze had in ieder geval zeer veel van zijn lezing geleerd. Moesten ze uit haar ellenlange, in het Nederlands samengeprutste zin nu opmaken dat Waltraud noch de Duitsvijandelijkheid van de lezing, noch de mislukte verontschuldiging begrepen had? Onthutst bliezen spreker en omstanders de aftocht.

'À propos pedagoog', zei Madelon Kortewiek, 'onze Roland heb je met je pedagogische kwaliteiten zeer geholpen. Hij ging uitgesproken graag naar jouw Engelse lessen en heeft mij daar altijd tot in detail verslag van gedaan. Het lukt hem nu over te gaan. Jammer dat je nog geen werk hebt gevonden. Elke school zou toch zijn handen moeten dichtknijpen een Duitstalige leerkracht Duits te kunnen aanstellen! Zal ik eens op Groningse scholen jouw pedagogische talenten aanprijzen?'

Nee, een leraarsbaan had haar man haar stevig uit het hoofd gepraat, reageerde Waltraud. Ze richtte zich nu op af en toe bijles geven en vooral op vertalen. Beide kon ze thuis doen.

'Daar is veel voor te zeggen. En je kan zonder vaste aanstelling natuurlijk ook beter je man terzijde staan.'

'Natuurlijk.'

8 | Grenzeloos geluk

Toen Knirr de schuur binnenging werd hem de adem afgesneden. In de hoek had Waltraud een overduidelijk zelf gebouwde houten stellage opgesteld, die bollen kwark tot kaas perste en waar een weerzinwekkende stank van af kwam.

'Waarom stinkt jouw melkfabriek ineens zo penetrant naar geitenbok?'

'Goedenavond, lieve man. Heb je een drukke dag gehad?' Knirr week een stukje terug toen Waltraud hem met een kus wilde begroeten, maar ze kuste onverstoorbaar door en legde uit:

'De geur van geitenmelk komt door de geitenmelk.'

'Waarom opeens geit? Tot nu toe heb je toch alles wat je wou met echte melk gemaakt.'

'Ook geiten geven echte melk, meneer de professor. Johan...'

'Wie is Johan nou weer?'

'Johan Messchendorp, onze linkerbuurman.'

'Ah, de molenaar-boer. Die heeft toch koeien, hoe komt hij dan plotseling aan geitenmelk?'

'Om precies te zijn door de EU in Brussel. Johan kon een deel van zijn melkquotum buitengewoon gunstig verkopen en heeft een paar koeien de deur uit gedaan. In plaats daarvan laat hij nu ook geiten en schapen grazen.'

'En wat heeft dat met *ons* te maken?'

'Hij produceert nu te veel geitenmelk.'

'En wat heeft dat met *ons* te maken?'

'Ik wil om de dag een paar liter van hem kopen.'

'Dat laat je maar uit je hoofd, Waltraud. Ik kan geitenmelk niet uitstaan en geitenbokstank nog minder.'

Ongelooflijk, de verbeten ijver waarmee Waltraud, dat stadskind, zich binnen een paar maanden op het plattelandsleven had gestort. Op haar reusachtige fornuis stond zuurdesemdeeg te rijzen. Het meel daarvoor haalde Waltraud uit de molen hiernaast, waar Johan Messchendorp in het weekend vrijwillig molenaar was. Voor haar doen ordelijk stonden naast de deegkommen glazen potten op het fornuis, waarin yoghurt stond te fermenteren. Een melkmassa van een kwarkachtige consistentie hing uit te lekken aan een haak, en de opgevangen wei werd weer bij het broodbakken gebruikt. In weer en wind werkte Waltraud in de tuin, om zo veel mogelijk zelfgekweekte, gezonde groente te kunnen oogsten. Knirr liet zich, vastbesloten, niet overhalen om mee te helpen in de tuin, zelfs niet als hij Waltraud zich door loodzware klompen klei heen zag ploegen. Deze zomer was hem voor het eerst duidelijk geworden dat fruit en groente afhankelijk van het seizoen ofwel helemaal niet, ofwel overvloedig voorhanden zijn. Als bonen rijpen, rijpen er veel bonen, en dan eet men nu eenmaal vaker bonen dan in andere periodes. Dat is natuurlijk, dat is gezond.

Koffie, thee en suiker daarentegen maakte Waltraud godzijdank niet zelf, daarvoor sprong ze op de fiets, om in het naburige dorp in een winkeltje, vergoelijkend *supermarkt* genoemd, inkopen te doen.

Ze scheen plezier te beleven aan haar nieuwe bestaan, zodat Knirr telkens weer het vermoeden wegdrukte dat haar *verlanding*, zoals hij het noemde, vooral een compensatie was voor het mislukken van haar pogingen om werk op een school te vinden. Onzeker over de mate van verlanding die ze nodig had voor haar mentaal evenwicht, ging hij slechts behoedzaam, en meestal vergeefs, in tegen haar hang naar het boerenleven. Bij de geitenmelk echter maakte hij zich klaar voor de strijd tot hij gewonnen had. Maar verder strijden bleek onnodig, want dit keer gaf Waltraud verrassend snel toe, met de bekentenis dat ook haar de stank van de geitenmelk tegenstond.

Bij de avondthee had hij met Waltraud iets echt belangrijks te bespreken: zijn oratie.

'Ik word, min of meer openlijk, van alle kanten aangespoord om nu eindelijk het spreekgestoelte te beklimmen. Volgens een ongeschreven wet moet dat binnen het eerste dienstjaar gebeuren.'

'Is je Nederlands dan al goed genoeg? Ik zou de rede toch in het Duits houden, tenslotte ben je germanist.'

'Dat hebben we toch al lang en breed besproken, Waltraud. Als er ook maar één enkele Nederlander aanwezig is, spreken we hier strikt Nederlands. En bij de oratie van de professor Duitse taal- en letterkunde aan de Universiteit Groningen zullen toch wel een paar inheemse lieden verschijnen, dus ik spreek Nederlands, en daarmee basta.'

'Daarmee is het hoe opgelost, maar nog niet het wat, meneer de professor.'

'Ik denk dat ik mijn sprookjesonderzoek als onderwerp kies. Daarmee kan ik meteen programmatisch vastleggen dat ik literatuur breed definieer. Volkssprookjes gelden voor de meesten immers als buitenliterair genre, als volkskundig onderwerp. Bovendien wordt dan indirect duidelijk dat ik de germanistiek niet als een *Duitse* wetenschap beschouw. Tenslotte gaat het om sprookjes uit vele landen. Wij zijn allebei, net zoals de sprookjeshelden, de wijde wereld in getrokken voor mijn internationaal onderzoek.'

'Jammer dat je in die wijde wereld uitgerekend de Nederlandse sprookjes nog niet hebt onderzocht. Dat wou je eigenlijk toch nog doen.'

'Absoluut. De neerlandici heb ik al eens gepolst over samenwerking, en Lodder was heel enthousiast.'

'Wat een sprookje! Maar voor de inaugurele rede lukt dat toch nooit meer.'

'Zeker niet, maar dat is niet erg. Je hoeft namelijk helemaal niet alleen maar afgeronde onderzoeken te presenteren. Als ik mijn voornemen om ook Nederlandse sprookjes te onderzoeken inbed in mijn onderzoek tot nu toe, is dat voldoende voor de inaugurele rede.'

'Daarmee kan je zelfs nog meer scoren: zeven in één klap, Knirps: de Duitser beperkt zich niet tot zijn oer-Duitse volksliteratuur, maar staat open voor de hele wereld, tot en met Nederland. Sluw hoor!'

'Houd je mij voor zo berekenend?'

'Nee, helaas niet, Knirps.'

'We hebben nog geen titel voor de rede, Waltraud.'

'Ik al wel: *Mijne vrouw Ilsebil, wil maar steeds wat ik niet wil.*'

'Nu even serieus, een strikt zakelijke titel als: Het Europese volkssprookje als oriënteringsmodel voor kunstsprookjes?'

'Zou jouw oriënteringsmodel wel toehoorders trekken, Knirps?'

'Bedenk jij dan eens een pakkender formulering.'

'Wat vind je van Grenzeloos Geluk?'

'Te vaag.'

'Combineer dan mijn *grenzeloos geluk* met jouw *oriënteringsmodel* als ondertitel.'

'Dat zou kunnen, dat is helemaal niet slecht.'

'Zo zie je maar weer, Friedrich Schiller heeft gelijk: de germaniste in huis maakt de reclamevakman overbodig. Ontzettend praktisch.'

'Ik vrees dat er met de oratie nog meer ontzettend praktische taken op de germaniste in huis afkomen. De Groninger universiteitswereld verwacht van de professor bij zijn inauguratie een royaal feest. Zo krenterig als de mensen hier zijn, voor zo'n feest tasten ze zonder aarzelen flink in de buidel. De horeca hier schijnt ervan te leven.'

'Niks horeca, wij kunnen onze gasten zelf wel ontvangen. De Aga en ik, wij brouwen wel wat voor jullie.'

'Nou, ik hoop wel dat er een paar meer toehoorders naar de lezing komen dan wij hier kunnen uitnodigen. Maar misschien gaat het toch.

Het grootste deel stelt zich immers gewoonlijk tevreden met een kleine ontvangst met een hapje en een drankje op de universiteit. Alleen de voor mij belangrijkste mensen zouden dan aansluitend hier naar het molenhuis kunnen komen. Zou jij bereid zijn een maaltijd voor 20 tot 30 gasten klaar te maken?'

'Dat zeg ik toch, zeg jij maar voor wie.'

Knirr schreef namen op en rekende hardop voor:

'De rector magnificus komt zeker niet, de decaan wel, plus mijn medewerkers, plus promovendi, plus Patrick Wolfson, plus de directeur van het instituut voor vreemde talen, niet iedereen heeft aanhang, en dan natuurlijk – en nu wordt het problematisch – onze families.'

'Wat moeten die er dan bij?'

'Inaugurele redes en promoties, zelfs examens worden hier met veel genodigden gevierd. De hele familie feest altijd mee.'

'Overdrijf nou niet zo, Knirps! Kan jij je mijn moeder voorstellen te midden van jouw Nederlandse collega's? Die bazuint toch nog steeds overal trots rond welk zegenrijk werk haar echtgenoot zaliger in de goede oude tijd in het bezette Noorwegen heeft verricht. En dat alleen de bezette Noren dat niet op waarde hebben willen schatten en hem ondankbaar voor een bezetter hielden. Nee, die dame kunnen we uitgerekend de Hollanders niet aandoen. Ik wil mijn moeder echt niet bij jouw feest hebben.'

Knirr wilde dat eigenlijk ook niet echt, en daarmee was het thema schoonmoeder afgehandeld.

'En wat doen we met *mijn* familie?'

'Uitnodigen.'

'Mijn ouders zullen ongetwijfeld komen, mijn broer waarschijnlijk niet.'

'Laat de ouders tot ons komen.'

'Vergen we daarmee niet te veel van die oude mensen, Waltraud? Jij kent mijn collega's nog niet zo goed. Die komen stuk voor stuk uit piekfijne families.'

'Bedoel je dat je ouders zich in dat doorluchtig gezelschap niet weten te gedragen?'

'Dat ook misschien, maar ik bedoel het eerder andersom: het doorluchtig gezelschap weet zich tegenover mijn ouders niet te gedragen. Zulke mensen kennen ze alleen uit de naturalistische literatuur.'

'Dan confronteren we ze maar eens met het realisme.'

'Dus we moeten mijn ouders uitnodigen?'

'Dat moeten we zeker doen.'

9 | A tot Ate

Hoog boven op de kansel ontvouwde Bernhard Knirr een geweldig panorama van Europese kunstsprookjes door de eeuwen heen. Vaardig voegde hij enkele bouwstenen uit de overvloed aan veelvormige stof in het ieder welbekende eenvoudige vormschema en wereldbeeld van het volkssprookje en spande zo voor de toehoorders een markante boog. De sluitsteen werd gevormd door zijn hoofdthesis over de beeldende esthetiek van sprookjes, die een naïeve moraal zou belichamen.

'Het goede is mooi', sprak Knirr tot het publiek, 'en als het mooie bij wijze van uitzondering *niet* goed is, zoals de boze stiefmoeder van Sneeuwwitje, dan is de sprookjeshandeling er juist op gericht aan het eind de sprookjesvergelijking goed = mooi weer op te laten gaan. Het boze wordt vervolgens vernietigd, de boze stiefmoeder verbrandt lelijk op gloeiende kolen. Op aanschouwelijke wijze wordt zo de tijdelijk verstoorde wereldorde weer hersteld.'

Ten teken dat het wetenschappelijke gedeelte van de rede was afgelopen, moest Knirr zijn baret weer opzetten. Voor het eerst wendde hij zijn ogen van zijn papieren af en richtte ze, tussen leesbril en baret door, op de toehoorders beneden in de aula. Het waren er helemaal niet weinig. Zonder de gebruikelijke dankwoorden voor de familie, collega's en vrienden bedankte hij het publiek voor het geduld waarmee het zijn gehakkel had verdragen.

'En daarop hoop ik ook bij de toekomstige samenwerking.' Knirr aarzelde even.

'Ik bedoel ...', pauze, '... uw geduld ...', nog een pauze, '... niet mijn gehakkel.' Vriendelijk gelach daar beneden, en beleefd applaus, waaraan de pedel bij de auladeur een abrupt einde maakte, door met een soort scepter op de grond te stoten en te roepen: 'Ora finita est!'

Braaf had Waltraud tijdens de rede naast haar schoonouders op de voor de familie gereserveerde eerste rij gezeten. Het publiek ging staan, terwijl het in het zwart geklede gezelschap van professoren zwijgend achter de rector magnificus, met zware ambtsketen, de decaan en Knirr langs de eerste rij schreed. Waltraud moest al maar denken aan Mörikes Traurige Krönung en het metrum kreeg haar voeten te pakken (en-**rechts**-en-**links**-en-**rechts**-en-**links**):

Daar **komt** *een* **vreem**de **dodendans,**
Een **stoet** *met* **stille stappen.**

Enkele gasten die op de ereplaatsen zaten, waaronder Waltraud, stonden op en sloten zich aan bij hun naasten in de stoet.

Vermomde gasten (en-**rechts**-en-**links**).

Pas nadat alle donkere toga's, baretten en witte beffen uit zicht waren, schoof het gewone volk de aula uit.

Het **dringt** *zich* **door** *de* **poorten**
Het **fluis**tert **zon**der **woor**den.

In de Engelse zaal stond een klein drankbuffet klaar. Als een koningspaar namen de beide Knirrs de felicitaties in ontvangst. Onmogelijk om stiekem je snor te drukken. Zo hield Waltraud het tot het laatste handen schudden uit, voerde toen resoluut haar in een hoek zittende schoonouders naar de auto en scheurde naar huis, om nog snel de allerlaatste voorbereidingen voor de genodigden te treffen. Eentje stond werkelijk al voor het molenhuis te wachten tot hij naar binnen kon. Haar schoonmoeder en de gast hielpen Waltraud, zodat ze rustig de al spoedig arriverende gasten kon begroeten.

De mooie Lies verscheen met een reusachtige hoed op, zonder mannelijke begeleiding, pakte een welkomstglas, keek in het rond en ging op de oude Knirrs af. In onberispelijk Duits stelde ze zich aan hen voor.

'Ik ben Lies Bakker, een medewerkster hier aan het instituut. U was daarnet zo snel verdwenen uit de Engelse zaal, dat ik u nog helemaal niet met het professoraat van uw zoon heb kunnen feliciteren.'

Ze drukte de oude mevrouw Knirr de hand en aarzelde voor ze, met beide handen, de uitgestrekte linkerarm van haar man vastpakte.

'Mijn man is gewond geraakt in de oorlog. Hij heeft zijn arm verloren', verklaarde mevrouw Knirr.

'In Rusland', vulde de oude man aan. Hij had al genoeg gedronken om Lies ongegeneerd van boven tot onderen te monsteren.

'Bent u onze jongen zijn secretaresse?'

'Nee, ik ben germanist. Ik ben mijn proefschrift aan het schrijven, om doctor te worden.' De reusachtige hoed weerhield de oude man ervan nog dichter bij haar te gaan staan.

'Zo'n mooie vrouw zou ik ook wel als dokter willen hebben, mijn dokter is een oude kerel.'

'Net als jijzelf', snibde mevrouw Knirr, drong zich met haar hele lichaam tussen haar man en de mooie Lies en duwde Lies aan de kant.

'Ga maar weg, ik red het wel. Dit kennen we zo langzamerhand.'

Kortewiek snelde Lies geamuseerd te hulp, door de oude vrouw met een kleine buiging een glas wijn aan te reiken. Ze keek naar hem op.

'Bent u dan onze jongen zijn baas?'

'Nee, ik ben ook een medewerker van uw zoon, een collega als het ware.'

'Maar pas sinds kort, lieve Louka', fluisterde Lies hem toe, terwijl ze wegliep.

'U bent zeker wel trots op de carrière van uw zoon, mevrouw Knirr', zei Madelon Kortewiek.

'Och, dat zou ik niet eens willen zeggen. Ik was er immers altijd op tegen dat hij studeerde en dat hij toen ook nog jarenlang over de wereld rondzwierf. En nu in Holland, dat is het toch ook niet echt. Onze andere jongen, die is thuis gebleven. Die is een nette bakker geworden. Die verdient al lang zijn eigen geld en heeft een echt gezin en een nieuw huis. Allemaal keurig netjes en modern. Maar bij Bernhard, dat heeft maar geduurd en geduurd, en wij wisten toch nooit waar dat op uitlopen zou.'

'Het is toch uiteindelijk goed gekomen', suste Madelon.

'Dat weet ik zo net nog niet. Ons kent hij na al dat studeren helemaal niet meer. Ik en vader, wij zijn immers eenvoudige mensen. Ik denk heel vaak bij mezelf dat we onze jongen kwijt zijn.'

'Die indruk heb ik anders helemaal niet, mevrouw Knirr. Tenslotte bent u hier toch uitgenodigd bij zijn oratie en hebt u toch in de aula op de eerste rij gezeten, op een ereplaats.'

'Och, dat was eigenlijk alleen maar pijnlijk. Je kon immers ook niet alles verstaan wat Bernhard daar zei. Ik en vader, wij kunnen toch geen buitenlands. Dat was toch Hollands?'

'Ja, dat was Hollands', bevestigde Madelon, en haar man voegde daar halfluid aan toe:

'Min of meer.'

'Vader denkt dat hij met zijn Platduits wel uit de voeten kan in Holland, maar verstaan heeft hij niks met zijn Platduits.'

'Maar de ceremonie', Madelon sprak uit *zzeremonie*, 'was toch heel feestelijk en een mooie belevenis voor u.'

'Feestelijk wel, maar meer zoals bij het toneel. Mensen zoals ons horen daar toch eigenlijk helemaal niet. Wij hebben het niet zo breed. Toen de jongen ons erover vertelde heb ik eerst eens in onze kleerkast gekeken. Vader z'n pak ging nog, ik heb hem wel eerst naar de stomerij gebracht, en ik heb dit pakje voor mij uit de catalogus besteld. Hij was helemaal niet zo duur.' Ze wendde zich naar beide kanten en streek met haar hand over haar boezem en buik. Madelon wist niet hoe ze iets positiefs over het nieuwe kledingstuk kon zeggen en liep weg met een onbestemd: 'Ja, mooi.'

Daarmee liet ze het gesprek aan haar man over.

'Prachtig', riep hij, 'echt jeugdig. Je zou niet zeggen dat u een volwassen zoon hebt die al professor is.'

'Och, vleier. Maar ik heb dat al vaker gehoord. Toen ik pas getrouwd was met vader, dachten de mensen vaak dat ik vader zijn dochter was. Maar dat kwam ook door de oorlog. Vader was heel mager en zag er oud uit met zijn halve arm.'

'Dat moet een zware tijd voor u zijn geweest, uw man weer oplappen en daarnaast uw kinderen grootbrengen.'

'Och ja, makkelijk was het niet in het begin. En toen we het ergste gehad hadden, hebben die leraren Bernhard de kop gek gemaakt met die hogere school. Hij wou er beslist heen. Ik denk, dat het eigenlijk kwam door Brockhaus, A tot Ate.'

Kortewiek begreep niet goed wat de encyclopedie met de hogere school te maken had, maar mevrouw Knirr gaf een duidelijke verklaring.

'Daarom wist die jongen op school altijd alles. Vader had bij een vertegenwoordiger die Brockhaus besteld. Toen die kwam heeft Bernhard hem niet meer weggelegd. *A tot Ate*, daar wist-ie alles van. En daarom hebben de leraren gezegd dat hij naar de hogere school moest. De andere Brockhausen hebben we toen afbesteld, te duur. Maar alleen al *A tot Ate*, die was voor Bernhard alles.'

Kortewiek zweeg en leidde de oude vrouw voorzichtig naar haar zoon en schoondochter, die bij de eettafel bezig waren.

De stem van de oude Knirr, in gesprek met Patrick Wolfson, klonk boven alles uit. Ook de oud-germanist bleek niet de baas van zijn zoon te zijn. Wolfson schonk Knirr bier in en liet kort zijn blik vallen op diens lege, bungelende mouw. De oude man liet echter geen medelijden toe, maar stak zijn armstomp omhoog en riep:

'Nee, dat was een geluk voor mij, met die arm. De redding van mijn leven, zogezegd. Dat was helemaal in begin van de veldtocht in Rusland. Die was toen meteen over voor mij, ik was immers zwaar gewond. De Rus die liet niet met zich spotten, die vocht hard, ook als er niks te kanen was. Heb daar veel kameraden verloren. Was u d'r ook bij?'

'Ja, kort voor het einde van de oorlog nog, maar aan de andere kant. Ik ben Engelsman.'

'Daar kunt u ook niets aan doen. Maar fair was de Engelsman wel, dat moet je toegeven.' Wolfson knikte en leidde de oude man naar de grote eettafel midden in de kamer, waaraan de familie Knirr en een paar hoogleraren met hun aanhang besluiteloos een plaats zochten, terwijl de jongere gasten, ook Lies en de andere promovendi, aan kleinere tafels in andere kamers gingen zitten.

'Mogen ook bijzondere hoogleraren hier aan de professorentafel plaatsnemen?', vroeg Wolfson, in de richting van de beide Kortewieks.

'Oh, excuses, de veteranen van de Tweede Wereldoorlog willen zeker onder elkaar blijven', bitste Madelon. Grijnzend trok Wolfson haar naast zich. Dat was nu wat hij zijn hele leven lang gezocht had en niet gevonden, zo'n *supportive wife*.

De oude mevrouw Knirr was er niet van af te brengen het speciaal daarvoor aangenomen buurmeisje te helpen met het serveren van alle gerechten, die Waltraud de afgelopen dagen in haar boerenfornuis bereid had. Tenslotte had ook de oude vrouw haar bijdrage aan het feestmaal geleverd en naar oud familierecept mosselvormige koekjes met goede boter gebakken. Trots bood ze iedere gast een mossel aan. De oude Wolfson prees het gebak, moeizaam kauwend, als knapperig. Madelon veegde zich heimelijk het vet van de vingers en zei met het tweede voedzame koekje nog even te willen wachten, en Lies zei onomwonden dat ze aan de eerste *caloriebom* genoeg had.

'Och, ik heb nooit calorieën geteld en ben toch jong getrouwd. Neem toch, u kunt het best hebben.' Lies schudde haar hoofd, en beledigd ging de oude vrouw verder met haar schaal gebak. Het nieuwe pakje was, vanwege het hoge kunststofgehalte, overduidelijk te warm. Door het lange zitten was het overal zo scheef gaan zitten, dat de rok boven de knieholtes opkroop. Door voortdurend gesjor met haar vrije hand had ze niet de bruine rok, maar de roze onderrok naar beneden getrokken, zodat een strook roze onder haar rok uitkwam. De twee knopen boven de boezem konden het jasje niet bij elkaar houden, en de seringkleurige blouse puilde eruit. Eindelijk viel Waltrauds oog op haar schoonmoeder in het cataloguspakje, ze nam de schaal van haar over en loodste haar naar een veilige zitplaats.

10 | De inauguratie

Met een bus, taxi's en tamelijk veel dure dienstauto's werden de gasten die bij de inaugurele rede van Louis-Karel Kortewiek in de aula aanwezig waren, rechtstreeks naar het *Paviljoen aan het Zuidermeer* onder de rook van Groningen gebracht. In de ontvangstruimte werden de notabelen van de stad en de universiteit eerbiedig welkom geheten door de eigenaar, en binnen in de schouwzaal wachtte Madelon de schare gasten op. Lies kwam binnen aan de zijde van Kortewiek, die zich meteen na de lezing van zijn nieuwe, enigszins krap uitgevallen ambtskleding had ontdaan.

'Mijn God, Louka, had je je geen passend professorengewaad kunnen laten aanmeten? Ik heb de hele tijd angsten uitgestaan dat het mutsje van je hoofd zou glijden en dat je hemdsmouwen uit die belachelijke pofmouwtjes van dat jasje tevoorschijn zouden komen. Niet dat ik iets tegen korte rokken heb', Lies wees op haar benen, die elegant onder haar rokje uitkwamen, 'maar – onder ons gezegd – niet iedereen staan minirokken.'

'Ach Lies, jij hebt je altijd veel te veel alleen maar beziggehouden met mijn uiterlijk. Maar ik beschik ook over innerlijke kwaliteiten. Hier ging het om de traditie. De goede oude Donneur heeft zijn ambtskledij speciaal voor deze eredag feestelijk aan mij nagelaten, en ik ben zo eerbiedig geweest die te accepteren en niet te laten vermaken.'

'Ik was me er helemaal niet van bewust dat onze Donneur zo'n klein mannetje is. Of ben jij zo groot geworden, Louka?'

'Het laatste, lieve Lies, het laatste.'

Kortewiek voegde zich bij Madelon, om samen met haar alle gasten te begroeten. Daarbij kon hij, genietend, zo nu en dan een slok witte wijn drinken, want de organisatie van de avond had Madelon tot in de puntjes geregeld en de regie ter plekke was aan Jan Mulders overgedragen. Die had bij de oude De Bruyère, Madelons vader, economie gestudeerd en was sindsdien een vriend van de beide families Kortewiek en De Bruyère. Als ceremoniemeester schitterde Mulders door zijn vermogen om formaliteiten perfect te hanteren en zich daar tegelijkertijd knipogend van te distantiëren. Zo was het hem een buitengewoon genoegen de hooggeëerde gasten, allen tenminste weledelgeleerd, na het welkomstdrankje aan tafel uit te nodigen.

De ovale tafel midden in de ruimte was als prominententafel ingericht. Ook Waltraud en de hooggeleerde professor Knirr ontdekten daarop hun naamkaartjes. Waltraud was blij dat Patrick Wolfson naast haar zat. Zijn lezing op de oud-germanistendag had ze kortgeleden uit het Engels vertaald.

'Mijn compliment, Waltraud. Voor het eerst is er nu een artikel van mij verschenen dat helemaal niet op een vertaling lijkt. Het laat zich werkelijk lezen alsof ik het meteen in het Duits heb geschreven. Dat zou ik natuurlijk nooit durven. Schrijven in een vreemde taal, dat is een wetenschap op zich. Je hebt de tekst in voortreffelijk Duits vertaald, en zelfs de ironie komt goed naar voren. Congeniaal die vertaling, precies zoals ik het heb bedoeld.'

De burgemeester, verderop aan de tafel, was verbaasd dat Waltraud alleen in haar moedertaal, en niet ook omgekeerd in de vreemde taal vertaalde.

'Onze secretaresses kunnen dat allemaal: van het Duits, Engels of ook Frans in het Nederlands en omgekeerd, van het een in het ander en het ander in het een, moeiteloos.'

'De vertalingen zijn er dan ook naar', merkte Wolfson op. 'De stad en', hij wendde zich tot de rector magnificus, 'zelfs de universiteit geven bizarre Duitse teksten voor publicatie vrij. Hooggeëerde rector, u hebt ook uw nieuwste officiële Duitstalige studiegids weer door een Nederlandse in het Duits laten vertalen, een gediplomeerde germaniste weliswaar, maar natuurlijk kon ze in geen enkele zin loskomen van haar Nederlandse moedertaal. Het wemelt niet alleen van de fouten ...'

'*Such as?*' wilde de rector weten.

'*Well*, ik kan hier natuurlijk niet alle absoluut verwarde, onbegrijpelijke passages in hun geheel citeren. Ik laat het bij een paar faux amis, waar bijna alle Nederlanders in stinken: al te letterlijk vertaald worden de bedroevend *weinige* (correct zou zijn *seltenen*) geesteswetenschappers steeds *seltsamer* (wat in het Duits *wonderlijk* betekent). En alle *geestige* (in het Duits *geistreiche*) mensen worden *geistlich* (en dat betekent *geestelijk*).'

'En deze onzin is allemaal al in druk verschenen?' vroeg de rector.

'Gedrukt en in Duitsland voor wervingsdoeleinden verspreid. Pijnlijk, pijnlijk. Neem voor Duitse teksten toch alsjeblieft Duitstaligen, die zijn er ook hier in Groningen, hier ter plekke zijn zelfs', met een blik op Waltraud, 'veritable *Duitse germanisten*.'

De rector beloofde het, de burgemeester zag de noodzaak niet echt, maar de Duitse germaniste Waltraud kreeg nog dezelfde avond een vertaalopdracht van de rector van de universiteit Groningen.

Na iedere gang moest ceremoniemeester Jan Mulders een aantal toespraken aankondigen. Kortewieks promotor, emeritus-hoogleraar Marc Donneur, zag, met het oog op de vele sprekers, van zijn toespraak af. Tenslotte had hij tijdens de academische inauguratieceremonie, 's middags in de senaatszaal, voorafgaand aan de oratie, al de eervolle opgave op zich genomen Louis-Karel Kortewiek tot lid van de doorluchtige professorenkring te verklaren. Deze eer kwam eigenlijk toe aan de nog actieve hoogleraar die vakmatig het nauwst met de nieuweling verbonden was, dus aan Knirr. Die kende deze regel echter niet en was als gevolg daarvan als enige niet verwonderd dat hem dat helemaal niet gevraagd werd en dat in zijn plaats de emeritus Donneur de inwijding van Kortewiek had aanvaard.

Jan Mulders kondigde als volgende weledele spreker een bestuurslid van de Koninklijke Nederlandse Gasunie aan. Deze had zich volgens Mulders niet alleen een vriend betoond, maar zich vooral ook als koninklijk begunstiger van de wetenschap laten kennen, en aan het professoraat, waarvan wij nu de instelling vierden, een niet geringe bijdrage geleverd: de mammon.

De koninklijke begunstiger citeerde voluit de titel die Louis-Karel Kortewiek vandaag verworven had: *bijzonder hoogleraar voor Duitse taal- en letterkunde, in het bijzonder voor de Duits-Nederlandse culturele betrekkingen tussen Noordwest-Duitsland en Noordoost-Nederland* en weidde verder uit over dit door zijn Gasunie gefinancierde bijzondere hoogleraarschap.

'Het professoraat is gecreëerd vanuit de geest van verbinding van volkeren die de nieuwe Hanzeregio kenmerkt. Ik ben er trots op dat mijn onderneming deel uitmaakt van dit culturele, wetenschappelijke maar natuurlijk tegelijkertijd – en dat is immers geen schande – economische verbond. Zoals in vroeger eeuwen vorsten de mecenassen van kunst en wetenschap waren, zo nemen tegenwoordig ondernemingen als de Koninklijke Nederlandse Gasunie deze taak op zich. De Gasunie is – en dat zou geen scheldwoord moeten zijn – ja, de Gasunie is een multinational. Op grond van haar internationaal georiënteerde ondernemingsfilosofie vindt de Gasunie grensoverschrijdende projecten een must, ook op het gebied van kunst en wetenschap. Wij weten zeker dat de Nederlander en germanist dr. Louis-Karel Kortewiek als bijzonder hoogleraar van de nieuwe Hanzeregio ...' en opnieuw volgde de zo pijnlijk begrensde titel voluit, '... in waarlijk internationale geest de regio's Noordoost-Nederland en Noordwest-Duitsland dichter bij elkaar zal brengen.'

Madelon keek de spreker onbewogen aan. Kortewiek echter nam bij elke vermelding van de *bijzonder* hoogleraar en van de uitermate precieze begrenzing van zijn regionaal onderzoeksgebied een slok wijn en deed vergeefse moeite een blik van Madelon vanaf de overkant van de tafel op te vangen. Gelukkig spookte de *bijzonder* hoogleraar alleen in deze toespraak rond, in de andere werd eenvoudigweg gesproken van *de professor germanistiek* of *de hoogleraar Duitse taal- en letterkunde*. Bij deze termen zond Madelon triomferende blikken naar Kortewiek.

Vooral studievrienden, die al langer geleden een hogere trap op de carrièreladder beklommen hadden, maakten grappige opmerkingen over de vele horden en omwegen die Louis-Karel Kortewiek op de lange weg naar boven hadden opgehouden. De burgemeester leidde in zijn rede veel van deze struikelanekdotes in met 'Weet je nog, Louka?', en ook de meeste mensen in de zaal, die al bij het begin van menig kleine historie fijntjes begonnen te lachen, wisten het blijkbaar nog. Men kende elkaar, men kende elkaar al lang.

Bij de toespraken uit de categorie wetenschappers moest Jan Mulders meerdere malen zijn draaiboek aanpassen. In de plaats van de rector magnificus, die al bij het officiële feest in de aula in actie was geweest, richtte de decaan van de letterenfaculteit een paar woorden tot de nieuwe hoogleraar. Het predicaat *bijzonder* liet hij weg. Madelon Kortewiek glimlachte naar haar man.

En toen moest Jan Mulders een omissie in het programma van de feestredenaars overbruggen. Niemand van de vakgroep germanistiek stond klaar. Knirr was ervan uitgegaan dat Kortewieks discipel Pieter Steen weer uit naam van de vakgroep zou spreken. Die had dat oorspronkelijk ook toegezegd, maar was na de inaugurele rede naar Jan Mulders toegegaan om zonder verklaring zijn rede van die avond in te trekken. Tegenover Lies en een paar omstanders noemde hij de rede van Kortewiek verraad, verraad aan de linguïstiek.

'Geen woord over ons eigenlijke onderzoek, Lies, dat is tenslotte ook het jouwe en het mijne; geen woord over de zuivere taalwetenschap. In plaats daarvan gezever over de geschiedenis van de germanistiek in Groningen, zoals die in elke brochure te lezen is.'

'Ach Pieter, kijk hier toch eens rond! Louka kan bij deze mensen toch onmogelijk haarfijn en hoogwetenschappelijk met het voegwoord *ob* aankomen.'

'En of hij dat kan! Juist nu, als hij een groot publiek daarvoor enthousiast kan maken, drukt onze Louka zijn snor. Overigens zijn er in de linguïstiek, zoals jij heel goed weet, ook andere onderwerpen te vinden.'

Lies liet elke poging na om Pieter Steen toch nog over te halen zijn toegezegde avondrede te houden. Een vervanger was niet te vinden, want Terlouw, die Kortewiek nog niet zo lang kende, durfde het niet aan voor zo'n groot gezelschap met veel Nederlandse prominenten een toespraak te improviseren. Patrick Wolfson hield nooit toespraken in het Nederlands, Knirr kwam absoluut niet in aanmerking, en zij zelf had gegronde, hoewel onuitgesproken redenen om zich terug te houden: in het openbaar en vooral in het bijzijn van Madelon Kortewiek wilde zij geen lofzang op Louis-Karel aanheffen. Want de geruchten over gescharrel tussen Louka en haar hielden langer stand dan de verhouding zelf. Jan Mulders kondigde dus geen nieuwe toespraken aan, maar een muzikaal intermezzo door promovenda Hanne van Vliet en de hooggeleerde Groninger emeritus dr. Marc Donneur.

'Waltraud, je kent vast haar moeder, Miranda van Vliet', riep mevrouw Donneur vanaf de andere kant van de tafel tot Waltraud. Waltraud kon echter met de moedernaam niks beginnen.

'Miranda van Vliet, die hoort toch tot het ensemble van de Duitse Opera in Berlijn!'

Waltraud kende Miranda van Vliet niet, hoewel die toch tot het ensemble van de Duitse Opera in Berlijn behoorde. Maar Miranda's dochter Hanne kende ze zeer wel, weliswaar niet als zangeres, maar als de vrouw van Eelco Terlouw. Al voor de geboorte van haar eerste zoon had Hanne van Vliet haar zangcarrière opgegeven, omdat die haar onverenigbaar leek met haar geschiedwetenschappelijke dissertatie en de steeds intensiever wordende gezinstaken. Maar al te graag liet ze zich echter zo nu en dan uitnodigen voor optredens als dit.

Hanne nam het begroetingsapplaus met plezier in ontvangst. Hoewel haar lange, zwarte gewaad nogal strak zat en vrij diep was uitgesneden, boog ze soepel. Met een ruk gooide ze, terwijl ze zich oprichtte, haar weelderige ravenzwarte haren weer naar achteren. Een paar krullen bleven ergens halverwege hangen en omkransten haar gezicht, waaruit de fijn gebogen neus naar voren kwam. Hanne van Vliet zong, begeleid door Marc Donneur aan de vleugel, composities uit de Nederlandse Gouden Eeuw. Met haar warme, volle mezzosopraan liet ze levendige dansliederen en gevoelige liefdesliederen klinken. Donneur speelde virtuoos, hoewel niet altijd terughoudend genoeg. Dat stoorde de toehoorders echter nauwelijks, want het was eigenlijk precies wat men van Donneur verwachtte. Dat gold niet voor een andere eigenaardigheid van de pianist: na zwierige loopjes, en die waren er in groten getale, maakte hij een steeds harder wordend snuivend geluid. Hanne van Vliet zong er dapper overheen en al gauw klonken ook lyrische passages als gekrijs. Aan menig tafel grijnsden sommige toehoorders openlijk, terwijl men aan de prominententafel gegeneerd probeerde het gesnuif te negeren. Zelfs Waltraud lukte het haar lachen in te houden. Knirr dacht sowieso aan het hoorcollege dat hij de volgende dag moest geven, mevrouw Donneur kromp bij elke snuif ineen, Madelon keek naar de zangeres en Kortewiek perste zijn handen zo hard tegen elkaar dat ze wit zagen. Conferencier Jan Mulders kondigde na afloop van het muzikale optreden opgelucht de informele afsluiting van de feestavond aan, waarbij men ongedwongen een andere plaats kon zoeken. Ook de prominententafel was niet meer taboe voor het gewone volk.

11 | De verlanding

Vanaf de achterste kerkbank zag Knirr alleen de pollepel door de lucht zwaaien, in de maat. Want heel Klein-Mensinge, plus familie en vrienden van het Rooievrouwenkoor die uit alle naburige dorpen aan waren komen fietsen, versperden hem het zicht op dirigente Truusje Geerlink en haar zangeressen, die zich rond het altaar in de koornis van de kleine middeleeuwse kerk verdrongen. Het Rooievrouwenkoor was oorspronkelijk een socialistische zangvereniging, die vooral bij 1 mei-vieringen met luide stem, maar dan natuurlijk unisono, de *Internationale* aanhief in het belang van de *verworpenen der aarde*. Het koor was intussen *voorwaarts gemarcheerd* tot meerstemmig gezang en waagde zich nu ook aan andere koorstukken, zelfs aan kerstliederen uit verschillende landen. Internationaal was men in Klein-Mensinge tenminste gebleven.

Pas bij het herhaalde *Nou-ei-ll* echter herkende Knirr het Frans bedoelde Noël. Ook dat er een Duitse roos ontsprongen was werd niet zonder meer duidelijk, maar de Engelstalige herders ontdekten in ieder geval verstaanbaar de Ster van Bethlehem. Een beetje meer dan vierstemmig, een beetje hard ondanks het Ssst! tussendoor van de dirigente, en een beetje blèrend, zongen de ongeveer dertig overwegend heidense vrouwen hartstochtelijk christelijke liederen, en bij het refrein brulde het publiek geestdriftig mee, zonder zich om de pollepelslagen te bekommeren.

De laatste maat van het walsje *Merry Christmas* hing nog in de ruimte, toen de dirigente haar pollepel neerlegde en zich verlegen lachend omdraaide naar het publiek. Gaf ze het op? Nee, Hanne van Vliet en Wal-

11 | De verlanding

traud traden uit het koor naar voren naast Truusje, terwijl de andere vrouwen zich lawaaiig achter het altaar persten. De drie vooraan brachten een oer-Hollands *souterliedeken* ten gehore, dat misschien eeuwen geleden in deze kerk geklonken had. Voor het grote koor zou het *liedeken* te moeilijk zijn geweest, en te mooi om het door hen te laten verpesten.

Knirr vroeg zich verontrust af, waarom Waltraud hem niks over het optreden had verteld. Of had ze dat wel, en was hij er niet op ingegaan en het meteen weer vergeten? Ze moest haar moeilijke altpartij ook vaak thuis geoefend hebben, maar daar had Knirr niets van meegekregen. Ook voor dit optreden had ze zich niet verkleed, maar ze viel met haar slobberbroek en gebreide trui niet echt op in het overwegend zo te zien tweedehands uitgedoste Rooievrouwenkoor. Louter lompen, *Lumpenlieschen*, Liesjes, Lies, mooie Lies.... Het beeld van de mooie Lies drong zich weer op aan Knirr, maar liet zich absoluut niet verbinden met de dorpse omgeving die hij om zich heen zag.

Daar stond zijn Waltraud, groot, stevig en houterig en een beetje houterig zong ze ook. Door geen levendig ritme en geen opzwepende melodie liet ze zich meeslepen. Ze keek daarbij ingespannen in haar bladmuziek en telde rusten en lang aanhoudende noten met haar vingers. Haar jongensstem zonder vibrato onderscheidde zich zuiver contrapunterend van de gelijkluidend zingende sopranen. De hoge, wat dunne stem van Truusje had gemakkelijk in de hoogte kunnen ontsnappen als Hanne die niet in een parallelle stem, met een diepere klank, had ondersteund, ja gedragen. Zonder hen weg te drukken omhulde haar ronde, krachtige mezzosopraan de twee andere stemmen en gaf de samenklank body, iets aards, dat allen in de kerk in zijn ban hield.

Maar toen klonken vanuit de eerste rij toehoorders tonen. Die hoorden er niet bij, hoewel ze eigenlijk precies bij het gezang van de drie vrouwen pasten. Waltraud aarzelde slechts een momentje, Truusje keek Hanne vragend aan, maar zong samen met haar verder, en Hanne glimlachte, zonder haar gezang te onderbreken, naar haar zoon op de eerste rij, die in haar partij was ingevallen. Benno rukte zich los van zijn vader, toen die hem wou beletten verder te zingen en wiegde aandachtig in de maat, zoals zijn moeder vooraan en zong ongestoord en stemvast verder. Hanne zong wat zachter, zodat Benno haar overstemde. Zijn stem paste wonderwel bij die van Waltraud. Met zijn vieren zongen ze door tot het driestemmige lied uit was.

De geur van warme wijn kondigde het einde van het concert aan. Klein-Mensingers die niet in het Rooievrouwenkoor zongen hadden een buffet met drankjes klaargezet in het voorportaal van de kerk.

Met zijn beide kleine broertjes op sleeptouw wrong Benno zich in het middenpad langs vele broekspijpen naar voren, naar zijn moeder. Hanne tilde meteen de kleinste op en zette hem op haar heup, terwijl de andere haar been omklemde en Benno voor haar ging staan, met beide handen haar rok vastpakte en 'Zo!' zei. In een goed op elkaar ingespeelde werkverdeling voorzag Truusje de kinderen van sap en Hanne en zichzelf van warme wijn en zette zonder onderbreking haar gesprek met Hanne voort.

Knirr wachtte Waltraud op, die zich juist bij de groep wou voegen.

'Wat doet zo'n professional als Hanne van Vliet uitgerekend in het Klein-Mensinger Rooievrouwenkoor?' wilde hij van Waltraud weten, die afwisselend de op haar gloeiende gezicht plakkende haren probeerde weg te blazen en dan weer in de hete wijn blies.

'Hanne zingt sopraan bij ons, dat heb je toch gezien', bitste ze en wendde zich tot haar medezangeressen. Knirr beet op zijn lippen. Had hij niet gewoon enthousiast op Waltraud af kunnen gaan en haar met het concert kunnen complimenteren? Alle andere toehoorders gedroegen zich wel zo en vulden de kleine bakstenen kerk met uitroepen als *prachtig*, *betoverend*, *aangrijpend* en zelfs *hemels*.

Knirr ging bij zijn medewerker Eelco Terlouw staan, die zich een beetje afzijdig hield en aan zijn bier nipte. Hij volgde Terlouws bezorgde blik op de groep om Hanne heen en besloot daarom nu niet over de Duitse literatuur in het algemeen en de Duitse literatuurwetenschap aan de Gro-

11 | De verlanding

ninger universiteit in het bijzonder te spreken, maar over gewone dingen. Hij had onlangs de fout begaan Hanne als mevrouw Terlouw te introduceren, begon Knirr.

'Tja, dat mooie denkbeeld kan ik beter vergeten. Ik kan Hanne niet zo ver krijgen met mij te trouwen.'

'Emancipatie?'

'Ook dat, maar daarnaast heeft ze natuurlijk beroepsmatige redenen om haar meisjesnaam te blijven voeren.'

Of Hanne dan haar zangcarrière niet had opgegeven, vroeg Knirr.

'Ja, als professioneel musicus wel; ik bedoel met beroepsmatige redenen haar wetenschappelijke werk.' Terlouw keek Knirr met één oog onderzoekend aan, die niet kon verbergen dat hij van de wetenschapster Hanne van Vliet nog nooit gehoord had.

'Nou ja, ze is al een hele tijd aan het promoveren. Veel tijd blijft er voor haar echt niet over met onze drie kinderen, maar ze blijft aan de bal.'

Toen Knirr hem aanmoedigend aankeek, legde Terlouw uit dat Hanne de verhoorprotocollen van heksenprocessen in de van Spanje afvallige Nederlandse gebieden onderzocht.

Knirr was verbaasd dat zelfs de protestantse en tegenwoordig toch zo tolerante Nederlanders ooit heksen niet hadden gedoogd.

'Inderdaad, de heksenvervolging was hier minder hysterisch, maar verbrand zijn ze bij ons evengoed. Aan dat gespook kwam hier godlof eerder een einde dan bij jullie. De laatste veroordeling was bij ons zo rond 1600; bij jullie daarentegen' – Terlouw keek Knirr met één oog verwijtend aan – 'bij jullie daarentegen brandden de heksen nog in het midden van de 18e eeuw.'

Of Hanne een juridische of een theologische achtergrond had, wilde Knirr weten.

'Nee, een historische, en dat betekent bij haar natuurlijk vrouwenhistorie. Haar gaat het om de heks als vrouw.'

'Heks als vrouw of vrouw als heks?' grinnikte Knirr, maar hij kon Terlouw er niet van weerhouden een sociaalhistorische uiteenzetting te geven.

'Heksen waren inderdaad vaak vrouwen die vanwege hun geneeskundige kennis de opkomende artsenstand een doorn in het oog waren, of ongehuwde vrouwen met een zinnelijke uitstraling die door de bekrompen burgers gevaarlijk werden gevonden. Al deze levenslustige vrouwen lieten zich anoniem door een lichtzinnig verklikkertje als heks aangeven, en dat was absoluut dodelijk. De brandstapel voor slechte wijven, zoals in jouw sprookjes.'

Knirr merkte op dat er toch ook heksenmeesters waren; het mannelijke pendant van de heks was toch zeker geen uitvinding van de goede Goethe geweest.

'Klopt, je had ook een paar mannetjesheksen, maar die interesseren feministische sociaalhistorica's niet echt.'

Knirr voelde een tocht achter zich, zijn nekharen gingen overeind staan, toen kreeg hij het plotseling warm. Hanne voegde zich bij hen, Heksen-Hanne.

'Klopt!' bevestigde ze. Ze droeg de slapende peuter op haar arm en had de twee grotere kinderen aan haar rok hangen.

'Kan jij van de feministische sociaalhistorica een paar kinderen overnemen, Eelco? Wij moeten ons op onze heksenbezems snel naar ons dorp begeven.'

Ook Waltraud en Bernhard Knirr gingen naar huis. Knirr greep de gelegenheid aan om de koorzang en vooral het tot kwartet uitgegroeide trio te loven.

'Ach Knirps, over het muzikale niveau maak ik mij geen illusies. Maar het is ontroerend om deze oeroude muziek in dit oeroude dorpskerkje te zingen. Ik voel me daarbij verbonden met het kerkje, met de andere zangers en zelfs met al diegenen die in de voorbije eeuwen deze muziek hier ook gezongen hebben.'

'Heb je er geen problemen mee dat het toch kerkelijke liederen zijn, die vrome musici voor hun christelijk feest en zeker niet voor jullie socialistische heidenen gecomponeerd hebben?'

'Nee, voor mij zijn het liefdesliederen. Luister maar eens naar de vrouwensolo's in Bachs oratoria: liefdesaria's zijn dat, diep ervaren liefdesaria's, en zoiets mogen ook socialistische heidenen zingen.'

'Je voelt je bij je socialistische heidenen erg thuis, hè?'

'Ja Knirps, *leve het heidendom, leve het socialisme, leve vooral het feminisme!*' zei Waltraud in het Nederlands. Haar stem werd anders als ze Nederlands sprak, keliger en natuurlijk zonder de vleug van Noord-Duitse klinkerkleuring, die klanken van thuis, die Knirr zo aan haar bevielen. Een beetje geprikkeld zei hij:

'Dat is geen antwoord, Waltraud. Overigens kan je gerust Duits spreken, we zijn bij wijze van uitzondering eens een keer onder elkaar.'

'In goed Duits dus: ja! Ja, ik voel me op mijn gemak bij hen. Het voelt alsof ik in de klei, vlak naast mijn kweeperenboom wortels gekregen heb. Hier voel ik mij thuis', en zacht vulde ze aan: 'voor het eerst in mijn leven.'

'Dat was mij totaal ontgaan, dat je je al die jaren bij ons in Berlijn hebt gevoeld alsof je op bezoek was', reageerde Knirr op scherpe toon, duidelijk aangeslagen.

'Overdrijf niet zo, Knirps. Je weet heel goed dat ik Berlijn natuurlijk geweldig vond, de stad met zijn rijke cultuur. Maar we waren daar toen in de eerste plaats passieve consumenten. Hier daarentegen krijgen we niets op een presenteerblaadje, we maken de cultuur zelf.'

'Noodgedwongen', wierp Knirr tegen, 'zonder jullie honoraire cultuurscheppers zou het erg woest en leeg zijn op het platteland.'

'Die honoraire cultuurscheppers zijn mensen die precies bij mij passen.'

'Omdat *jij* je aan *hen* aanpast!'

'Misschien ook dat. Maar ze verwelkomen me met open armen. Ze vinden me zelfs Nederlandser dan de Nederlanders, zeggen ze.'

'En jij ervaart dat ook nog als compliment?'

'Nou ja, het betekent toch dat ik erbij hoor. Overal. Vanuit het koor heb ik steeds meer contacten aangeknoopt. Zo ben ik nu niet meer alleen maar lid van de biologischegroentekring, van *Amnesty* en van de Klein-Mensinger boekenwurmen, maar sinds vandaag ook van de breikrans hier.'

'Van de breikrans, Waltraud, ben je wel goed bij je hoofd? Mag ik je eraan herinneren hoe je mij proestend van het lachen die passage over het feministisch tribunaal hebt voorgelezen? Had jouw favoriete macho, Günter Grass, het daar in zijn *Butt* niet over een *feminaal*? Doet er ook niet toe. Daar zaten in ieder geval wijven te breien. En jij hebt je doodgelachen om die *manci's* zoals Günter Grass die maar half-geëmancipeerde kwezels noemt. Wil jij hier in Klein-Mensinge een breiende *manci* worden? Die belachelijke breikrans gaat zonder twijfel te ver, Waltraud.'

'Daar zit wat in, Knirps. Dat met die breiende *manci's*, dat snijdt hout. Over de breikrans denk ik nog eens na.'

Voor het aardedonker werd, deden ze hun avondlijke ronde, Waltrauds grootgrondbezittersronde, door de tuin over de dijk, tot helemaal beneden, bij de Damste. Bijna was Knirr over een hek gestruikeld, dat de groentetuin afgrensde van de rest van de dijk.

'Wat is dat nou weer? Dat was hier toch nooit.'

'Nee, klopt, dat hek heeft Johan vandaag geplaatst.'

'Waarom hebben wij dan een hek nodig?' Knirr sprong er woedend overheen, maar bleef meteen staan, want uit het donker kwam een dier met bokkensprongen op hem toe, stopte vlak voor hem, deed wegduikend een paar stappen terug, liet zijn kop hangen, nam een aanloop en rende op Knirr toe om hem een kopstoot te geven. Die dook aan de kant en sprong toen over het hek. Waltraud lachte niet en zei ook niet:

'Nu weet je waarom wij een hek nodig hebben', maar:

'Geef hem af en toe een wortel, dan raakt hij aan je gewend.'

'Maar *ik* wil niet aan *hem* wennen. Waltraud, wat doet dat schaap hier op mijn dijk?'

'Dat schaap op *onze* dijk is om precies te zijn geen schaap, maar een ram. En niet eens een echte ram, maar slechts een logeerrammetje zogezegd, het is van Johan. In de periode dat het logeerrammetje niet bij zijn schapen nodig is, kan het heel goed bij ons grazen.'

'Helemaal niet, hij hoort bij zijn schapen te blijven.'

'Bokken en schapen moet je strikt van elkaar scheiden, Knirps, de Bijbel zei het al. Maar laten we het eens heel praktisch bekijken. Heb jij je al afgevraagd wie in het voorjaar, maar vooral al die heerlijke zomermaanden lang en zelfs in het najaar nog *jouw* dijk moet maaien? Zo'n ram is de beste grasmaaier die je maar kunt bedenken.'

'En ook nog zo natuurlijk en zo gezond', bromde Knirr, in een achterhoedegevecht. Als Waltraud zijn weerzin tegen huishoudelijke taken in het spel bracht won ze altijd. Dat was al zo geweest bij de vaatwasmachine in hun studentenkamer. Geen fornuis, en sinaasappelkistjes als kasten, maar wel een vaatwasser, onder Waltrauds dreiging dat hij anders moest afdrogen. Nu dus een ram.

'Hoe heet hij eigenlijk?'

'Bij Johan is hij alleen maar nummer 3. Maar ik vind dat wij, als germanisten, een verbale naam moeten bedenken. Wat vind je van Rammses, met twee m's?'

'*Rammses* met twee m's is prima.'

12 | Heksenhanne

De vroegere dorpsschool bood ruimte genoeg voor alle Terlouws en Van Vliets. Vermoeid hees Eelco Terlouw zich overeind vanachter zijn bureau in het achterste klaslokaal en slofte de voormalige onderwijzerswoning in het voorhuis binnen. Wederom probeerde Truusjes hond hem met hysterisch gekef en met het rennen van razende rondjes de toegang tot de woonkeuken te beletten. Bij elke stap hapte het mormel naar Terlouws klompen. Ze was er dus toch nog altijd.

'Ik ben er nog altijd, Eelco', riep Truusje. 'Ik breng nog even met Hanne de kinderen naar bed, dat heb ik beloofd. Dan ben je van me af'. De hond kroop weg in de hoek van de keuken, waar sinds enige tijd een hondenmand voor hem klaar stond. Van daaruit gromde hij alleen nog naar Terlouw.

Terlouw bleef beneden, terwijl van boven gelach, flarden van een verhaaltje voor het slapen gaan en tot slot zelfs gezang tot hem doordrongen. Toen werd het stil, en Hanne en Truusje kwamen zachtjes de keuken binnen. De hond gromde niet meer.

'Waarom ben je niet welterusten komen zeggen, Eelco?'

'Twee is genoeg.'

Truusje lachte als een boer met kiespijn en zei: 'Ik ga al hoor!' Ze tilde de hond uit het mandje, gaf Hanne een afscheidskus en slingerde zich op de fiets.

'Die hangt ook eeuwig bij ons rond. Kan je dat niet een beetje indammen? Ook die keffende hond van haar werkt me op de zenuwen, Hanne.'

'Truusje bekommert zich heel lief om de jongens, zodat ik zelfs weer regelmatig kan heksen. En van haar kookkunst profiteer jij ook. Hier, dit heeft Truusje vandaag voor de gezamenlijke Terlouws en Van Vliets gekookt, allemaal uit haar eigen tuin!'

Met deze woorden zette Hanne hem zijn bord voor, waarin ze een dikke eenpansmaaltijd had gekwakt, maar Terlouw schoof de smurrie aan de kant en richtte geconcentreerd zijn beide ogen op Hanne.

'Nu even klare taal, Hanne. Vroeger hebben wij alles toch ook prima gered zonder hulp van buiten?'

'*Wij*, hoor ik *wij*? Klare taal wil je? OK dan: elke keer als hier bij ons een huis moet worden gebouwd, dan doe *ik* dat, en wel alleen. Zo was het en zo is het, want jij bent meestal ergens op de wereld onderzoek aan het doen, of je sluit je op in je klaslokaal achter. Neem mij dus asjeblieft niet kwalijk dat ik ook eens andere gesprekspartners zoek dan onze jongens.'

'*Gesprekspartners*? Als dat het alleen maar was! Die Truusje hangt toch de hele dag als een klit aan je. Ze betuttelt de kinderen met je, ze kookt met je, ze zingt met je, ze ......'

'Ze lacht tenminste weer met me, dat vooral.'

'En wat doet ze verder nog allemaal met je, die lesbienne?'

'Nog niets', zei Hanne toonloos. Ze stond onmiddellijk op, liep naar achteren en fietste op volle kracht naar het buurdorp.

Door de altijd onvergrendelde schuur liep ze Truusjes keuken binnen. Er was niemand meer. Waren ze al naar bed gegaan? Toen Hanne Truusje inderdaad naast Saskia zag slapen, kroop ze zonder te aarzelen bij hen in bed en drong zich tussen hen in. 'Zo', zei ze, en ze bleef bewegingloos liggen met de armen voor de borst gekruist. Saskia kwam overeind en jammerde:

'Wat moet jij hier? Wat wil je van haar? Laat haar toch! Laat mij haar toch!' Toen Hanne zich niet verroerde, stortte Saskia zich op haar en schudde haar heen en weer bij elke lettergreep:

'Wat ... heb ... je ... met ... haar ... ge ... daan?' Weer geen reactie. Met de kreet 'Jij heks!' gaf ze Hanne een harde klap en graaide in haar haren, waaraan ze Hanne uit bed wilde sleuren. Toen pas ontwaakte Truusje uit haar verstarring. Ze boog zich beschermend over Hanne heen en zei rustig:

'Laat haar, Saskia', en na een korte pauze: 'Laat ons'. Onmiddellijk liet Saskia Hanne los, staarde ontzet naar Truusje en stormde de kamer uit en kort daarna het huis.

'Het spijt ...', maar Truusje legde haar hand op Hannes mond.

'Sst, niks hoeft je te spijten. Zo is het goed. Eindelijk. Niets meer zeggen, kom Hanne!'

Ze voerde Hanne naar de woonkamer, schonk wijn in en zette haar nieuwe CD op met aria's van Salieri. Mezzosopraan.

De muziek begon met speels lichte barokelementen, toen werd de klank voller, rijker. De zangstem steeg daaruit op en begon een dialoog met het orkest. Nu eens scheen de stem voor het orkest uit te ijlen, dan weer imiteerde ze zijn loopjes, soms ironisch kirrend, soms volkomen gelijkluidend een solo-instrument beantwoordend. Uit de dichter wordende polyfonie maakte zich het lied los met grote dramatische intervallen. Stralende coloraturen hielden het in de hoogte. Weer dalend regen zich de tonen eenvoudig aan elkaar en verbonden zich met het nu zachter spelende orkest tot een innig lied. Aan het eind ging de stem helemaal op in de klank van het orkest.

Truusje streek zich Hannes haren uit het gezicht. Toen drukte ze Hannes hoofd met beide handen tegen zich aan.

'Jij heks.'

13 | Vrouwen achter de schermen

Kortewiek was al met zijn witte wijntje begonnen toen Madelon hem smakelijk eten wenste bij de feestelijk aangerichte avondlijke broodmaaltijd. Dat ze weer sterk camouflerende make-up droeg en haar migrainehoofd maar weinig bewoog merkte hij niet, maar hij snauwde haar meteen toe:

'Zet Munneker uit je hoofd, Madelon. Meer dan een halve hoogleraar zit daar definitief niet in, zegt Jan. Dan doe ik het niet. Ik zeg hem af.'

'Maar in Munneker gaat het niet om een bijzonder hoogleraar, waar jij immers verachting voor hebt, maar om een echt professoraat.'

'Om een half, Madelon; en naast een – zoals gezegd – half professoraat in dat Friese gat zou ik hier in Groningen verder de bijzonder hoogleraar uit moeten hangen. Zou alleen maar heen-en-weer gereis betekenen.'

'Onzin, Louka! Als Jan Mulders zich zo ongelooflijk elitair had opgesteld, had hij het in dat Friese gat, zoals jij dat traditierijke universiteitsstadje pleegt te noemen, intussen niet tot rector geschopt.'

'Ik zeg hem af, jouw rector.'

'Dat doe je niet, Louka! Beschouw Munneker toch als springplank.'

Kortewiek keek haar vragend aan en schonk zijn glas weer vol.

'Ik heb met Théra gesproken', bekende ze.

'Aha! Nu komt de aap uit de mouw! Hebben de professorendames met promotortje Donneur weer een spannende carrièresalto voor mij uitgedacht?'

'Als je het zo wilt noemen, ja. Luister even: de directeur van het vreemdetaleninstituut, de oude Vroom, gaat toch op korte termijn met pensioen...'

'Dat is mij geheel en al bekend. Hij zal geen leemte achterlaten.'

'Je zou toch...'

Kortewiek sprong op en viel haar in de rede.

'Jullie willen mij toch niet voor straf overplaatsen naar het Groninger vreemdetaleninstituut, als directeur?'

'Als *halve*.'

'Behaagt het mijn dierbare echtgenote te schertsen?'

'Nee, ik heb migraine. Loop asjeblieft niet zo te ijsberen en luister.'

Kortewiek gehoorzaamde. Hij drukte zijn handen tegen elkaar, hield ze voor zijn mond en wachtte gespannen af.

'Wel, jullie Groningse rector, die Meijer, heeft zijn vriend, de goede oude Donneur, verklapt dat de letterenfaculteit het vreemdetaleninstituut na Vrooms vertrek graag wetenschappelijk wil opwaarderen, dat betekent dat ze er een echt professoraat van maken en er een ervaren wetenschapper op zetten, bijvoorbeeld een germanist. Het probleem daarbij is dat ze slechts geld voor een halve professor hebben.'

'Daar krijgen ze geen ervaren wetenschapper voor.'

'Jawel.' Madelon keek haar man afwachtend aan.

'Heb ik het bij het rechte eind dat Donneur en zijn twee vrouwen achter de schermen uit de krans van professorendames mij daarvoor op het oog hebben?'

'Ja.'

'En jullie denken dat ik met een half salaris genoegen neem?'

'Nee.'

'Nu wordt ons ja-neespelletje echt raadselachtig, Madelon. Is het mijn vereerde promotor en mijn hoogvereerde echtgenote ontgaan dat jullie gezamenlijke protegé zijn wetenschappelijke carrière uitsluitend aan zijn thuishaven, de Alma Mater hier ter plaatse en nergens anders heeft opgebouwd? Geen piepkleine benoeming viel hem ten deel. Gedwongen gebondenheid aan de thuishaven telt echter niet als lovenswaardige trouw, die telt helemaal niet. Zo'n benoeming van binnen de eigen universiteit, zo'n *huisbenoeming* bij wijze van spreken, gebeurt niet op de faculteit, niet voor een gewoon hoogleraar, ook al is het maar een halve. Ze hebben mij destijds toch ook aan de dijk gezet en voor iemand van buiten gekozen, voor Knirr dus. Donneur weet dat toch. Hij moet je niet zulke onzin aanpraten.'

'Donneur weet dat allemaal heus wel. Van een *huisbenoeming* is trouwens helemaal geen sprake.'

Madelon pauzeerde even, om hem tijd te geven het kwartje te laten vallen, maar Kortewiek sprong meteen op, als door de bliksem getroffen, en riep uit:

'Munneker!'

'Hè hè, eindelijk! In je jongere jaren kon je *een half en een half* toch echt sneller optellen.'

Na Kortewieks 'Ja maar...' viel ze hem in de rede:

'Geen maar, alleen ja, Louka! Het is een echte win-winsituatie: Munneker krijgt zijn halve professor van buiten. Geen *huisbenoeming* dus. Deze professor, in Munneker *gewoon* professorabel gemaakt, laat zich dan voor een ander half professoraat in Groningen benoemen. Al weer geen *huisbenoeming*. Jouw voordeel daarbij is het begeerde professoraat als gewoon hoogleraar en voor de beide universiteiten levert het aanzienlijke besparingen op. Echt win-win. Niemand heeft er nadeel van.'

'Knirr wel. Een tweede leerstoel germanistiek naast de zijne zou zijn machtspositie enorm verzwakken.'

'Zou jou dat zo ongelegen komen, Louka?'

'Niet echt', antwoordde Kortewiek grijnzend. Ernstig voegde hij eraan toe:

'Maar ik zou werkelijk niet graag in Knirrs schoenen staan. Die Pruis slaat zich in het vijandige land dapper met open vizier zegevierend door alle sollicitatieprocedures heen, en dan springt hem vanuit een hinderlaag de verliezer Kortewiek in de weg en schreeuwt: 'Zonder mij gebeurt hier niets meer!'

'Ach Knirr, naar hem kraait geen haan meer, Louka.'

'In ieder geval geen Gallische.'

'À propos, Gallische haan: Donneur raadt trouwens dringend aan tussen de benoeming in Munneker en die in Groningen enige tijd te laten verstrijken. De koppeling tussen de beide halve leerstoelen moet niet meteen voor iedereen klip en klaar zijn. Een benoeming *comme il faut* is het dus niet echt.'

'Het is ook helemaal geen benoeming. Het is niks anders dan een deal, maar voor mij geen slechte, mevrouw professor.' Kortewiek dronk zijn glas leeg, zocht bij het opstaan steun aan de stoelleuning, liep langzaam naar de keuken en ontkurkte een tweede fles. Hij nam daar gejaagd een paar slokken uit en ging terug naar de woonkamer. Daar dronk hij verder uit zijn glas.

'Je accepteert dus het professoraat in Munneker?'

'Het halve, lieve Madelon, het halve. En, lijdend zonder te klagen, zal ik mij tijdens het moratorium vol overgave verdelen tussen de bijzonder hoogleraar hier en de halve prof in Munneker, tot - als een donderslag bij heldere hemel - als beloning het gewoon professoraat in Groningen wenkt. En dat alles stiekem, helemaal zonder dat een vacature is uitgeschreven, helemaal zonder mededinging, helemaal zonder sollicitatiecommissies, simpelweg na een paar afspraken achter de schermen. Daar is een woord voor, zo'n lelijk woord, met een K...'

'Konkelfoezen', vulde Madelon onwillig aan.

'Konkelfoezen! Korrekt! Knap kind!' Kortewiek schonk zich giechelend nog eens in.

'Alles met K.K.K.K.K. Hoe kom je eigenlijk aan zo'n lelijk woord als *konkelfoezen*? *Konkelfoezen* van *Kortewiek*, hihi hihi.'

Madelon lachte niet mee. Ze ging kaarsrecht op het puntje van haar stoel zitten. Kortewiek hief docerend zijn wijsvinger en wees naar haar.

'Madelon, *Konkelfoezen* van *Kortewiek*, dat is een lal..., lal..., lal-lal-latie..., een alliteratie is dat.'

Madelon stond zwijgend op.

'Welterusten, Madelon. Ga je al naar je bedje in je slaapkamertje? De laatste tijd heb je toch helemaal geen slaap meer nodig.'

14 | Moffen in Greifswald

Knirr huppelde de keuken rond met een fles *Roodkapje*, het nog bestaande champagnemerk uit de niet meer bestaande DDR.

'Reden om feest te vieren, Waltraud', riep hij vrolijk, 'ook de faculteit in Greifswald heeft klip en klaar voor mij gekozen. Naar verluidt zal de minister geen bedenkingen hebben, omdat ook de sollicitatiecommissie mij unisono op de eerste plaats heeft gezet. Uitverkoren en zo goed als benoemd! Nu is het aan ons om te besluiten of ik naar Greifswald ga.'

'Ik zie vooralsnog geen reden om iets te vieren. Eerst moeten we het erover hebben, Knirps. Wil jij dan echt helemaal daarginds naartoe en – wat toch ook niet helemaal onbelangrijk is – wil ik dan helemaal daarginds naartoe?'

'Precies dat moeten we nu bespreken.'

'Nou, bespreek dan maar.'

'Wel, ik zou het alleen al aanlokkelijk vinden in een van de nieuwe deelstaten van dichtbij mee te maken dat naar elkaar toe groeit van wat bij elkaar hoort. Dit zou overigens mijn laatste kans zijn op een benoeming aan een Duitse universiteit. Boven de 50 lukt het niet meer.'

Terwijl Waltraud dit eerste argument om voor Greifswald te kiezen noteerde om straks de balans op te kunnen maken, begon Knirr opgewekt te vertellen over de daar gevoerde gesprekken. Steeds weer sprong hij op, met levendige gebaren. Waltraud zag hem graag weer zo *vivace* dirigeren.

'Het is bevrijdend om weer gewoon vrijelijk Duits te kunnen spreken. Het vooruitzicht door de toehoorders ook meteen te worden begrepen, geeft bepaald vleugels.'

Waltraud noteerde een tweede punt voor de vleugels van Greifswald en begon te citeren:

En toen ik weer Duitse klanken vernam,
toen werd het mij wonder te moede.
Ik dacht niet anders: nu gaat mijn hart
recht aangenaam verbloeden.

'Jij kent je Heine noch steeds uit het hoofd, Waltraud?'
'Ik ken *onze* Heine noch steeds uit het hoofd, nog steeds.'

Nog steeds dit merkwaardig pedante volk,
die lopende winkelhaken,
de laatdunkendheid en de eigenwaan
*bevroren op hun kaken.**

'Goed gerijmd, Heine! Hij zou een Nederlander kunnen zijn. Ik weet alleen niet zo goed wat dat gerijm met mij te maken moet hebben. Bij hem gaat het toch om de Pruisische militair, of niet?' Knirrs goede humeur was vervlogen. Zonder Waltrauds antwoord af te wachten snauwde hij haar toe:

'Begin jij nu ook al mij het Pruisisch-Duitse clichébeeld voor te houden? Krijgsbelust marcheert de onnozele Duitser de wereld door en maait op bevel ijskoud alles wat ontaard is uit de weg.'

'Dat heeft hij genadeloos gedaan, de Duitser, de *mof*, ook in Nederland', wierp Waltraud tegen.

'Ja, inderdaad, en daar wil ik graag met iedereen over praten. Maar zij praten er immers niet over. Zwijgend of ontwijkend gniffelend schermen ze maar steeds met dat clichébeeld, dat mijn spiegelbeeld zou moeten zijn. En hoewel dat cliché hard is als Kruppstaal, krijg ik het niet te pak-

*Vertaling steunt op die van Gerard den Brabander, 1954.

ken, ik grijp in watten.'

Behoedzaam probeerde Waltraud Knirrs scheldkanonnade in goede banen te leiden. Hij mocht niet weer in zijn *polderdepressie*, zijn steeds vaker de kop opstekende ontevredenheid met zijn leven hier in Nederland, afglijden.

'Maar Knirps, wij tweeën dragen er toch toe bij het *moffen*cliché stukje bij beetje af te breken.'

'Juist niet, en dat is het doortrapte. Elke persoonlijke bekende die niet in het vooroordeel past beschouwen de Nederlanders immers als uitzondering. Jij wilt altijd voorbeelden. Hier heb je een politiek onschuldig cliché, dat hier inderdaad wijdverbreid is: *de Duitsers eten niets anders dan curryworst*. Maar elke Duitse worsthater die de Nederlanders tegenkomen wordt onmiddellijk voor *atypisch* versleten, want het is tenslotte toch sinds jaar en dag bekend: *de Duitsers eten niets anders dan curryworst*. Zo immuniseren ze het vooroordeel tegen alle falsificeringspogingen vanuit de ervaring. De vergelijking gaat altijd prachtig op, beschermd tot in de eeuwigheid.'

'Laat die ongezonde curryworst maar voor wat-ie is. Noem liever vegetarische voorbeelden. Voor je zit namelijk het tegenvoorbeeld in levenden lijve.'

'Precies het tegenovergestelde: jouw voorbeeld bevestigt juist mijn analyse. Voordat namelijk hier in Klein-Mensinge jouw aardige plattelandsvrienden jou als aardige medeplattelandse geaccepteerd hebben, hebben ze jou eerst moeten *ontduitsen*. Aardig? Dat kan tenslotte onmogelijk Duits zijn, dus ben jij Nederlands, en wel zelfs Nederlandser dan de Nederlanders, zoals ze ook nog trouwhartig tegen je zeggen. Je wordt geïncorporeerd, maar daarmee verander je het cliché van de *rotmof* voor geen millimeter. Mof *blijft* mof.'

'Geduld, meneer de professor, de gestadige druppel holt de steen uit. Daar moet jij diep in je hart ook van overtuigd zijn. Waarom zou je anders jarenlang samen met mij al die brieven aan die anti-Duitse grapjassen

hebben geschreven?'
'Dat vraag ik mij intussen ook af. We hebben ons daarmee alleen maar als humorloze *moffen* belachelijk gemaakt. Geef toe, Waltraud, bereikt hebben we niets.'
'Hebben we wel! Nog onlangs heeft die jonge televisiecabaretier mij opgebeld, om mij plechtig te beloven dat hij in de toekomst afziet van de openlijke bekentenis van zijn atheïstische overtuiging die luidt: *God en een goede Duitser hebben één ding gemeen: beiden bestaan niet.*'
'Lippendienst!' riep Knirr, nu weer opgewekter. 'Diep in zijn hart zal hij het bestaan van een *goede* Duitser in twijfel blijven trekken, jouw goddeloze.'
'Kan zijn. Voor zijn hart voel ik mij niet verantwoordelijk. Een feit is dat er een paar Duitsers zijn die – welke ontduitsingsstrategieën er ook maar mogen zijn – worden toegelaten tot de Nederlandse beste kamer. De meesten komen daar niet in, geef ik toe. Neem ons tweeën nou eens. In alle bescheidenheid: ben ik dan echt een zoveel beter mens dan jij, dat ik met open armen word opgenomen, en *jij* tot nu toe niet?'
'Dat heb ik mij ook al jaloers afgevraagd.'
'En?'
'In de eerste plaats spelen wij in twee volledig verschillende divisies. Jij hebt je met de doorluchtige kringen waarin ik mij voornamelijk moet bewegen nooit serieus ingelaten. Uit de elitaire kring van professorendames ben je weggeslopen en je bent in de vrouwelijke gezelligheidscultuur van het landelijk-alternatieve Klein-Mensinge gevlucht.'
'Dat is niet eerlijk, Knirps. Altijd als ik mijn ambt van professorenechtgenote moet vervullen, dan vervul ik dat, als *zedige vrouw des huizes*, zelfs met een rok aan.'
'OK, bij de onontkoombare officiële gelegenheden *bent gij de echtgenote mijn, de dierbare.*'
Waltraud trok als reactie alleen nog haar onderlip op en blies haarslierten omhoog, wat Knirr opvatte als een uitnodiging om zijn uitzonder-

lijkheid nader toe te lichten.

'Dat ik niet heb kunnen integreren heeft zeker ook te maken met mijn hoge positie. De mensen hier, die mij immers niet hebben zien opgroeien, hebben mij veeleer meteen als kant-en-klare professor voor hun neus gezet gekregen.'

'Nou ja, maar de eenzaamheid van de grote baas aan de top is toch eerder een algemeen menselijk probleem dan een Duits-Nederlandse kwestie.'

'Maar mijn buitenlandse afkomst verscherpt het. Mag ik op nog een ander, voor de hand liggend verschil tussen jou en mij wijzen?' Waltraud knikte.

'Dank je. Wel, jij bent een Duitse *vrouw* en ik ben een Duitse *man*, toch?' Toen Waltraud geen principiële bezwaren uitte, ging hij verder:

'Het anti-Duitse cliché is echter door en door mannelijk. En nu komt mijn punt: vrouwen kunnen zich als gevolg daarvan veel gemakkelijker aan dat cliché onttrekken.' Triomfantelijk keek hij Waltraud aan. Zoals alle feministisch geïnspireerde argumenten trof ook dit doel bij haar.

'Daar zit wat in, Knirps. Je bedoelt dat de Pruisische punthelm niet zo goed past op vrouwenlokken?'

'Jij zegt het, Waltraud.'

'Moet ik de Nederlandse mannengebonden aversie tegen Duitsers nu als argument te meer voor Greifswald noteren?'

'Ja, moet je doen. En nu komt het volgende pluspunt. Je weet wie mij tot solliciteren in Greifswald heeft aangespoord? Wel, deze mensen zouden mij graag eerstdaags als voorzitter van onze internationale vereniging voor Germaanse taal- en literatuurwetenschap zien. Na Patrick Wolfson is zonder meer een Duitser aan de beurt, met een leerstoel in Duitsland. Met mijn Groningse leerstoel word ik internationaal pikant genoeg als Nederlander gezien en zou ik als gevolg daarvan van hieruit voor de volgende periode geen kans hebben op het voorzitterschap. Ik zou dat heel graag doen, je hebt in die positie, ook met ons tijdschrift, tamelijk veel invloed op de germanistiek, internationaal bedoel ik.'

Waltraud noteerde dit punt, zonder het aan te vechten, voor Greifswald en resumeerde de balans tot nu toe:

'Het wilde oosten staat met vier punten voor.'

'Nu komt de andere kant: de inrichting van de Greifswalder leerstoel is pover. Bibliotheek, reiskostenvergoeding, aantal medewerkers, karig, uiterst karig. Ikzelf zou in Greifswald weliswaar wat salaris betreft zelfs wat beter af zijn dan in Groningen, en ook het pensioen zou wat gunstiger zijn dan hier, maar dat weegt voor mij niet op tegen de schamele voorzieningen.'

'Eén punt aftrek voor de miezerige mammon?'

'Eén punt. Maar het wordt nog erger. Ik denk niet dat ik Terlouw kan overhalen mee te gaan naar Greifswald. Zelfs al zou hij weg willen, hij krijgt er niet genoeg voor betaald. Hij heeft tenslotte familie. In de germanistiek hier zou hij echter zonder mij overblijven als enige literatuurwetenschapper, een verloren zaak. Bij de eerste de beste bezuinigingsronde zou zijn plaats wegvallen, vrees ik. Niemand zal, tegen de wil van onze melkkoe-taalschoolmeester, door willen drukken dat hij mijn opvolger wordt.' Waltraud noteerde een Terlouw-punt, en Knirr vervolgde:

'Er komt zeker een man van de taalpraktijk op mijn leerstoel, hoogstwaarschijnlijk dus Kortewiek zelf en daarmee zou de literatuurwetenschap in de Groningse germanistiek weggesneden zijn, alsof ik er nooit geweest was. *Der-die-das*-gestamp zoals voorheen, jaren van opbouwende arbeid foetsie. Daar heb je je punt, Waltraud, een aas.'

'Maar ik heb er nog een. Je hebt toch in de sollicitatieprocedure daarginds in Greifswald concurrenten verslagen, of niet?'

'Ettelijke.'

'Ook Ossies?'

'Jazeker, ook Ossies.'

'Ook Ossies uit Greifswald?'

Waltraud had haar argument zorgvuldig uitgebroed, nu liet ze het *pik*,

pik, pik uit het ei komen. Verontrust vroeg Knirr:

'Waar doel je op?'

'Dat zal je zo horen, Knirps. Je duikt daar in het wilde oosten op, kaapt de baan van een verdienstelijk held van de arbeid en wordt een groep gezworen Ossie-kameraden als Wessie-betweter voor de neus gezet. Niet echt integratiebevorderend, lijkt mij.'

Pas uit het ei gekropen was het meteen spijkerhard geworden, het argument. Knirr rekende nog slechts zwijgend Waltrauds balans na en vatte samen:

'Alles bij elkaar genomen staat het vier-vier. Dat maakt de beginvraag natuurlijk ongemeen spannend. Die luidt: Waltraud, wil *jij* daar wel helemaal heen?'

'Jij vraag een *moffin* of ze *Wessin* wil worden?'

15 | Wener congres

Knirr was meteen aan het begin van de internationale germanistendag in het *Vienna International Centre* aan de beurt om zijn hoofdbijdrage te leveren. Als leider van de sectie *Duitse cultuur in het multiculturele Europa* moest hij alle bijeenkomsten van deze grote werkgroep voorzitten en moest hij vanmiddag zelf een korte lezing houden, waarin hij zijn grensoverschrijdende onderzoeksplan over het *Berlijnse en Weense modernisme in literatuur, theater en publicistiek presenteerde.* Het project stond nog in de kinderschoenen; maar met de royale middelen van de *European Science Foundation* die al waren toegezegd zou het al snel uitgroeien tot een voor uitbreiding vatbaar mammoetproject. Want het had tot doel de ontwikkeling van de metropolen en zowel de communicatieve betrekkingen als ook de nationale concurrentie tussen de Europese culturen te onderzoeken. Ook Terlouw zou later met zijn voortgezette Amsterdam-Berlijnonderzoek aanhaken. Knirr was blij dat hij de pas gepromoveerde jonge Ferdinand Recnik voor het Weense gedeelte had aangetrokken. Al op dit congres zou de veelbelovende Oostenrijker aan de germanisten van over de hele wereld zijn eerste onderzoeksresultaten presenteren.

Voor zo'n groot publiek had Recnik nog nooit een referaat gehouden en hij was opgelucht dat Knirr, die de opzet grondig had doorgenomen, hem nu voor de lezing nog een keer bemoedigend toesprak. Een samenhangende zin met onderwerp, gezegde en object kreeg Knirr echter niet uit zijn mond, want vanuit alle plaatsen waar hij als jonge wetenschapper had gewerkt waren germanisten hiernaartoe gekomen en begroetten

15 | Wener congres

Knirr hartelijk. Die lachte, gaf schouderklopjes, schudde handen en omhelsde mensen uit alle delen van de wereld, die Duits spraken met alle mogelijke accenten.

'Waarrr ies Waltrrraud?'

'Ach, je kent haar toch, Antonio. Waar speciale programma's voor professorenvrouwen dreigen blijft ze weg. En waar is jouw Gloria?'

'Ach, je kent haar toch, Bärrrnharrrd, diesälbe Frrrauenprrrogrrramphobie!'

Knirr leidde de eerste congresdiscussies efficiënt, dus tamelijk strak, hield zijn eigen rede, oogstte veel bijval, introduceerde dr. Ferdinand Recnik met respect en was vandaag heel tevreden met zichzelf en de wereld.

Zijn Groningse collega's klitten de hele tijd op een kluitje bij elkaar. Het waren er nogal veel, want Knirr had erop gestaan dat ook promovendi naar de germanistendag in Wenen zouden afreizen, tenslotte was wetenschap, dus ook de germanistiek, een internationale zaak, waar jonge wetenschappers vroeg in moesten worden ingeleid.

Een voorwendsel, dacht Kortewiek argwanend, Knirr wilde alleen een fanclub om zich heen verzamelen. Niet gewend aan internationale congressen, en van zijn stuk door de Duitstalige omgeving, maar ook door de volledig veranderde Knirr beschouwde Kortewiek de vrolijke drukte vooraan vanaf een veilige afstand. Uit angst zich met een grammaticale blunder of misschien ook met een aan Rudi Carrell herinnerende uitspraak belachelijk te maken, grijnsde hij slechts verkrampt, maar waagde het niet een gesprek aan te knopen met een niet-Nederlander. Hij voelde zich niet zozeer buitengesloten, afgewezen of zelfs uitgestoten, nee, veel erger: hij voelde zich non-existent, niet-aanwezig, hij werd niet eens opgemerkt, hij droeg een *Tarnkappe*, hij, Kortewiek! Het was hem te moede alsof hij buiten in het donker stond, naar een vrolijk gezelschap keek in een warm verlichte kamer, en niet mee kon doen, omdat niemand hem zag.

Op de vorige internationale germanistendag in Kopenhagen, waar Kortewiek niet was geweest, hadden de *headhunters* van de Groninger universiteit deze Knirr als opvolger van zijn goede oude Donneur gespot. Zelfs Donneur hield Knirrs *dijk* van publicaties, die hem in Nederland de bijnaam *dijkgraaf* had opgeleverd voor niet te overtreffen. Ongetwijfeld had meneer de dijkgraaf zich ook toen in Kopenhagen al bediend van opgeblazen grootspraak. Ze zouden allemaal die opschepper eens in Groningen moeten zien, een houten klaas was hij daar. En zo'n blaaskaak werd hem, Kortewiek, voor de neus gezet, domweg vanwege een dijk van publicaties! Maar die was al ondermijnd. Je wordt aan de dijk gezet, meneer de dijkgraaf. Je weet het alleen nog niet, Knirr, jij blaaskaak daar vooraan. Kortewiek stond daar met dichtgeknepen ogen, zijn kaken maalden zo ingespannen dat de kaakspieren zich aftekenden en het gezicht nog hoekiger maakten. Duizenden keren al hadden deze gedachten in zijn hoofd rondgetold, zwaar als een molensteen die hij niet tot stilstand kon brengen. Ze maalden en maalden maar door, tot plotseling een geur hem in de war bracht, hem uit zijn gedachten rukte, ja eruit bevrijdde, een luchtje dat hij maar al te goed kende. Lies was achter hem de congreszaal in geslopen.

'Heb ik iets belangrijks gemist?' fluisterde ze.

'Nee, absoluut niks belangrijks. Knirr voert daar vooraan alleen maar een *onemanshow* op. Maar Pruisische *Pünktlichkeit* heb je je nog steeds niet eigen gemaakt. Waar was je, Lies?'

'Ssst!' lispelde ze met een veelbetekenend lachje en ze ging verder naar voren zitten, om naar Knirr te kunnen luisteren. Maar ze luisterde niet. Ze tastte naar een piepklein pakje in haar handtasje. Ik zie, ik zie, wat jij niet ziet: een nauwelijks zichtbaar iets, een bijna-niets. Zoiets geraffineerds kreeg je in het puriteinse Groningen niet, voor zoiets moest men al naar Amsterdam, zo niet naar Parijs, oftewel naar Wenen. Lies was 's middags nog zonder welke zondige plannen dan ook volledig onschuldig een kort stadswandelingetje gaan maken, toen een boze geest haar blik naar een paradijselijk gedecoreerde etalage trok. In trance staarde ze naar de slang, die Eva in plaats van een appel *bijna niets* aanbood. En dat

15 | Wener congres

niets, of juister: dat slechts minimaal verstoffelijkte iets moest Lies hebben, hier en nu, de verleiding kon ze niet weerstaan, en daarom kwam ze te laat op het congres, Lies, de verleide bekoring in eigen persoon!

Applaus rukte haar uit haar droom van de paradijselijke zondeval. Men brak op, achterblijvers probeerden met Knirr af te spreken: 'Het best meteen vanavond in de hotelbar, ... in het *Schnattl*, ... bij de Griek, of eet je nu alleen nog in het *Schwarzenberg*?' Maar die hield de overvallen met een zoet lijntje af.

'Eerst maar eens naar de stad, nee, geen taxi op dit uur. We zien elkaar immers morgen, dus tot morgen dan maar.' Lies liep achter de meute aan. Veel congresgangers logeerden in het ultramoderne *Vienna Austria* hier in het congrescentrum, maar Knirr had gekozen voor een hotel in de oude binnenstad. De vraag 'Welk hotel dan?' hoorde hij zogenaamd niet. Als een vis in het water slalomde hij door de menigte naar het centrum van Wenen, Lies in zijn kielzog dicht achter hem.

'Dat hoeft niet meteen iedereen te weten, dat het het *Palais Henckel von Donnersmarck* is', zei hij grinnikend tegen Lies, toen ze veilig in de metro zaten. 'Het is maar één station', en met een bezorgde blik op de schoenen van Lies en een niet-bezorgde op haar benen vroeg hij: 'Kan je een stuk door het stadspark lopen? Het Palais ligt meteen aan de Parkring.'

Knirr had met zijn hotelaanbeveling geen gehoor gevonden bij de Groningse congresdeelnemers: te ver van het congrescentrum en, zoals hij argwanend dacht, te vorstelijk-Pruisisch, in ieder geval zeker te keizerlijk-en-koninklijk-ouderwets, dit voormalige Weense paleis van het over heel Europa verspreide Silezisch adellijk geslacht. Alleen Lies had vertrouwen in Knirrs Weense semester als jonge wetenschapper, en terecht: dit van binnen behoedzaam gemoderniseerde hotelpaleis zag er niet uit als een gebouw in de pronkzuchtig overladen Weense *Ringstraßen*stijl, maar als een Italiaanse Renaissancevilla.

'Ik heb met Recnik afgesproken voor het avondeten. Wil je daarbij

zijn?' Dat wilde Lies wel. 'Over een halfuur hier in de binnentuin?'
Knirr was er als eerste en zat net te genieten van een sprankelende *Grüne Veltliner*, toen Recnik op hem afstormde. Zijn gezicht was één groot vraagteken. Knirr begreep het meteen, maar geneerde zich toch een beetje dat hij de debutant vaderlijk gerust moest stellen:
'Voortreffelijk gesproken, meneer Recnik. Ik heb zeer veel van uw bijdrage geleerd, en aan het applaus hebt u kunnen merken dat uw Wenenonderzoek ook door de anderen zeer gewaardeerd wordt. Hartelijk gelukgewenst!'
Recnik straalde, ademde hoorbaar uit, liet zich in de stoel naast Knirr vallen en wilde verder vragen. Maar abrupt stopte hij. Verstolen keek hij langs Knirr heen. Die had de indruk dat ook achter hem gesprekken werden onderbroken, en toen hoorde hij *klak, klak, klak,* Lies achter zijn rug vanaf de trap over het marmer lopen. Hij kreeg het warm. Hij streek zich heimelijk over zijn hoofd om de overeind staande nekharen glad te strijken. Recnik sprong op toen Lies op hen beiden toetrippelde, boog diep, nam haar hand en drukte er vluchtig een zweem van een kus op.
'Maar ik ben geen *gnädige Frau*, doctor Recnik', lachte ze. 'Excuses dat ik een beetje laat ben, maar ik moest mij nog omkleden.'
'*Na Woansinn*, zo leuk, *Woansinn!*' riep Recnik en bekeek Lies bewonderend van boven tot onder. Ook Knirr vond de omkleedactie goed gelukt, maar hij slikte zijn commentaar in en stelde voor:
'Zullen we meteen naar het restaurant gaan?'
In het Italiaans aandoende paleis van de Silezische graven genoten de drie, de Oostenrijker, de Duitser en de Nederlandse, van een heerlijk Frans diner en converseerden ontspannen in het Duits over allerlei zaken die niets met het congres te maken hadden. Steeds opnieuw wipte Knirr omhoog en illustreerde zijn woorden met levendige gebaren. Geen keelschrapen, geen haperingen en zelfs weinig kraken van de stem, die, als hij Duits sprak, ook veel dieper, krachtiger, levendiger klonk. Waar in hemelsnaam hield Knirr in Groningen dit kwieke ventje verstopt?

15 | Wener congres

'*Frau Doktor Bakker*', begon Recnik, maar Lies hoorde het niet. '*Frau Doktorin...*', weer niks, '... *gnä' Frau...*'
'Ja?'
'Mag ik u een compliment maken, *gnä' Frau?*' Dat mocht Recnik.
'In mijn kennissenkring bent u de eerste Nederlander – of beter gezegd, en dat is ook niet over het hoofd te zien: de eerste Nederland**se**', en weer trof zijn goedkeurende blik Lies overal, 'die geheel zonder Nederlands accent Duits spreekt. Waar heeft u dat zo uitstekend geleerd?'
'Nou, in mijn jonge jaren...'
'Nee toch, *gnä' Frau, i bitt Sie!*'
'... in mijn jonge jaren, dus tijdens mijn studie, toen had ik een vriend...'
'Aha! *Da schau her!*'
'... een Duitser, en die heeft me zo uitstekend Duits geleerd. Hij heeft me flink klaargestoomd voor het examen. Door hem kon ik dus snel klaarkomen.' Knirr beet op zijn lippen. Ook Recnik proestte het niet uit, maar zei:
'Na *Woansinn*! Maar klaarblijkelijk heeft je .. äh, uw ... vriend u nog niet alle beminnelijke taalblundertjes afgeleerd, gelukkig maar!' Hij keek naar de hand die Knirr op Lies' hand had gelegd en nam afscheid van hen beiden. Die luisterden echter helemaal niet meer.

16 | De onthulling

'Drink asjeblieft niet zo veel, niet zo lang zij hier zijn', siste Madelon haar man nog toe, voor hij de deur opendeed voor de beide Knirrs. Waltraud schrok toen ze Madelon zag. Ze was mager geworden, haar hoofd bewoog ze bijna niet en door de maskerachtige make-up kreeg ze haar professionele vrouwenglimlachje nauwelijks voor elkaar. Van de welkomstsherry, die Kortewiek voor haar en de Knirrs had ingeschonken, nipte ze uit beleefdheid, Kortewiek dronk water. Na een stroperig gesprek over de nieuwe lithografie die in de hal hing, de wekenlange regen en Rolands studie namen de vier plaats in de eetkamer voor het voorgerecht. Het waren piepkleine gerechtjes, prachtig gearrangeerd op grote borden. Madelon had alle gangen zo voorbereid, dat het opdienen zelfs zonder haar huishoudhulp gesmeerd, bijna onmerkbaar kon plaatsvinden. Telkens als Madelon wat wegbracht kwam ze fris gepoederd weer binnen, maar de genadeloze opvliegers persten steeds opnieuw kleine glanzende zweetdruppeltjes door de matterende make-up. Heimelijk depte Madelon ze weg. Bij het volgende afruimen hielp Waltraud onder luid gerammel mee. In de keuken liet Madelon koud water over haar polsen lopen.

'Lastige leeftijd, dat staat jou nog te wachten, Waltraud. Alle mogelijke pijntjes zijn te verdragen, maar die opvliegers laten je er zo onverzorgd uitzien. Je zou het liefst de hele dag onder de douche willen staan, om het vuil af te wassen.'

'Ach arme ziel! Doen zelfs dr. Vogels overgangsdruppels geen wonderen meer?' Madelon schudde voorzichtig haar hoofd.

'Nee, ook dr. Vogel helpt niet meer.'

'Ja, dan moet je *positief* denken, bidden op z'n atheïstisch. Laten we meteen beginnen: welke voordelen heeft het ouder worden voor ons vrouwen, Madelon?'

'Eén kan ik onmiddellijk bedenken: het nafluiten van de mannen houdt op. De mannen zien je helemaal niet meer.'

'Klopt', bevestigde Waltraud, 'ik had overigens nooit kunnen denken dat ik uitgerekend daarom zou kunnen zitten te springen. Strikt feministisch heb ik dat nafluiten vroeger als machogedrag afgekeurd. Maar nu, onzichtbaar geworden, gedoemd een *Tarnkappe* te dragen, zou zo'n klein fluittoontje mij af en toe toch als muziek in de oren klinken. Het zou mij kunnen toefluiten: Ik zie je, fijn dat je er bent! Maar niks daarvan! Tarnkappe! Oude vrouw!' Madelon probeerde een glimlachje en pakte het blad met nagerechten.

'Wij oude vrouwen moeten ons nu weer zichtbaar maken voor onze mannen. Kom, Waltraud!'

In de eetkamer was het gesprek inmiddels, minder verkrampt, bij het enige echte mannengesprek aangeland, het beroep. Knirr vertelde van het aanbod van de universiteit van Greifswald, maar noemde wijselijk niet alle redenen waarom hij het had afgewezen. Kortewiek wist er nog eentje op te noemen:

'Je had natuurlijk ook niet graag de Wessi in Greifswald willen spelen, een hoogst ondankbare rol.'

'En hoogst oneerlijk bovendien', viel Madelon hem bij. 'Die moeten zich toch gekoloniseerd voelen, de Oost-Duitsers, uitgerangeerd en aan de dijk gezet. Echt mensonwaardig is dat. Niet alleen in de politiek en de economie, dat kan ik nog begrijpen, nee, ook in het onderwijs, aan de scholen en hogescholen, volgens de kranten, ja zelfs cultureel gezien hebben de Oost-Duitsers niets meer te melden. En hun cultuur was toch werkelijk stukken veelzijdiger dan de West-Duitse.'

Knirr vroeg voor de zekerheid of hij Madelon goed had verstaan, dat ze de DDR-cultuur voor stukken veelzijdiger hield dan de West-Duitse. Hij had het goed begrepen, maar voordat hij een antwoord kon bedenken, viel Waltraud uit:

'Als je het socialistisch realisme als cultureel veelzijdig beschouwt, heb je zeker gelijk, Madelon. De vele DDR-intellectuelen die uitgerangeerd, uitgeburgerd of zelfs opgesloten zijn, omdat ze zich niet naar dat cultureel uitermate rijke, veelzijdige realisme wilde richten of voegen, zullen daar anders over denken.' Ze blies haar pony omhoog en het was even stil. Toen vroeg Kortewiek sussend:

'Zijn jullie die DDR-verheerlijking echt nog niet eerder tegengekomen? Van de kloof tussen de autoritaire DDR-maatschappij en de onze hadden en hebben tot op de dag van vandaag veel Nederlanders geen benul. Meteen na de *Wende* heb ik een jonge econome uit de DDR als Duitslandkundedocent uit een van onze managerscursussen moeten terugtrekken. Niemand had zich gerealiseerd, dat haar planeconomische *kombinaten* en *collectieven*, net zoals haar *accumulatie van kapitaal uit arbeidsloos inkomen* voor onze Nederlandse managers, voor de omgang met Bondsrepublikeinse bazen, natuurlijk weinig nut hadden. In Nederlandse intellectuele kringen, vooral die in de linkse hoek, waar Madelon overigens eigenlijk niet toe hoort, is het altijd al uiterst chic geweest zich solidair te verklaren met de voormalige DDR tegen de Bondsrepubliek.'

Dat moment greep Madelon aan om te vluchten in koffiezetten. Waltraud daagde Kortewiek echter uit door te gaan.

'Net als Nederland was de DDR tenslotte het kleine buurjongetje, dat hulpeloos was overgeleverd aan de overmachtige Bondsrepubliek. Al te graag hebben vele Nederlanders de Bondsrepubliek gezien als de opvolger van het Derde Rijk, maar de DDR als onschuldig lammetje.'

Knirr onderbrak hem met de opmerking dat hij zich al lange tijd verwonderde over de verhoudingsgewijs grote interesse van de Groningse studenten voor DDR-literatuur. De Bruyn won het bij hen allemaal van Grass. Of de uitburgering van Biermann deze verdediging van de DDR dan niet gehinderd had, wilde hij weten, in ieder geval had zij toch destijds de DDR-intellectuelen gedwongen kleur te bekennen.

'Heel simpel', lichtte Kortewiek toe: 'De uitburgering van Biermann paste niet in het beeld en werd dus gewoon genegeerd. Maar de politiek na de hereniging, de huidige liquidaties en ontslagen, die zijn koren op hun molen: oh, arme kleine DDR – foei, jullie arrogante Wessi-kolonisten, om niet te zeggen: bezetters!'

Madelon bleef gepikeerd haar mond houden, Waltraud kon nu sommige ongerijmdheden in het gedrag van haar socialistische plattelandsvriendinnen verklaren en Knirr zei: 'O, op die manier'. Toen was er tijd in overvloed om in de koffiekopjes te roeren. Knirr maakte een eind aan de stilte met de onschuldige vraag of Kortewiek het pendelen tussen Munneker en Groningen niet erg belastend vond.

'Nee, dat had ik al na een paar weken aardig in de greep: twee dagen Munneker, daar ben je in een wip, twee dagen managerscursussen hier aan het vreemdetaleninstituut. Onderzoek kan weliswaar alleen in het weekend plaatsvinden, en voorlopig blijft er ook maar één dag over voor jullie Groninger germanisten. Ik hoop dat jullie mij niet al te zeer missen.'

Nee, de gevreesde chaos na de tegen alle eerdere waarschuwingen in toch doorgedrukte opdeling van de vakgroep germanistiek was immers uitgebleven. De nieuwe taken in onderzoek en onderwijs werden intussen haast routinematig uitgevoerd, stelde Knirr hem gerust, en Kortewiek vulde aan:

'Met name je Duitslandstudies ontwikkelen zich toch prachtig. Lies zet zich werkelijk geweldig in als directeur.'

Knirr schraapte zijn keel, en Madelon vroeg vinnig:

'Lies, is die dan bij de opdeling van de vakgroep niet met jou overgegaan naar de Duits-Nederlandse cultuurwetenschap, Louka? Ik hield jullie altijd voor onafscheidelijk, wetenschappelijk bedoel ik.'

'Nou, blijkbaar is er geestverwantschap van een andere soort', zei Kortewiek en hij wendde zich grijnzend tot Knirr.

De onthulling | 16

'De dissertatie van je promovenda Lies over de adjectieven *schön* en *hässlich* heeft bijzonder waardevolle impulsen gekregen door jouw sprookjesonderzoek. Dat past immers ook geweldig goed bij elkaar, thematisch bedoel ik. Logisch, dat Lies en jij nu ook na haar promotie zo nauw samenwerken.'

Knirr schraapte zijn keel. Waltraud probeerde zijn blik te vangen, keek toen strijdlustig naar Kortewiek, nam een grote slok wijn en hief het glas.

'Op de mooie Lies, die mannen zoals het haar belieft het hoofd op hol kan brengen om ze dan weer te laten vallen.' Haar ponyharen wervelden behoorlijk lang in de lucht, terwijl ze haar blik kort op Knirr en dan weer op Kortewiek liet vallen. Die proostte glimlachend met zijn waterglas terug.

'De elegante overgang van de mooie Lies naar verlaten mannen brengt mij op de vraag: hoe gaat het eigenlijk met onze Eelco Terlouw? Volgens horen zeggen worden er in zijn schoolhuis alleen nog sopraanduetten gezongen.' Omdat Knirr de vraag niet begreep, antwoordde Waltraud:

'Truusje Geerlink is inderdaad bij Hanne ingetrokken, in het schoolhuis, maar ze heeft Eelco er geenszins uitgezet. Op de een of andere manier hebben ze een modus gevonden.'

'Zoiets opwindends als een *ménage à trois* had ik niet achter onze brave Terlouw gezocht', zei Kortewiek geamuseerd, maar Waltraud wees hem terecht:

'Van *drie* kan natuurlijk geen sprake zijn, in het schoolhuis wonen zes mensen onder één dak.'

'Terlouw heeft blijkbaar een groot huis en een groot hart. Laten we hem dat beide gunnen.' Madelon schonk koffie in en keek haar man uitdagend aan, die zich daarop meteen zonder overgang tot Knirr wendde:

'Ik heb je een dienstmededeling te doen, die indirect ook jou betreft.' Hij ging rechtop zitten op zijn stoel en sprak op zakelijke toon:

'De letterenfaculteit heeft besloten mij tot gewoon hoogleraar te benoemen.' Knirr begreep het niet meteen en stotterde:

16 | De onthulling

'Dat ben je toch al, gewoon hoogleraar, in Munneker ben je toch ordinarius.' Met een precieze, scherpe uitspraak verduidelijkte Kortewiek: 'Ik heb het nu over de universiteit Groningen, *hier* wordt ik gewoon hoogleraar.'

'Voor wat?'

'Voor Duitse taal en cultuur.' Knirr werd rood, schoof heen en weer op zijn stoel en vroeg of hij het goed had begrepen, dat Kortewiek in Groningen een leerstoel voor Duitse taal en cultuur zou krijgen.

'Heb gekregen, het is allemaal al besloten en geregeld', zei Kortewiek, alsof hij een gemakkelijke grammaticale fout bij een van zijn studenten verbeterde.

'Zonder sollicitatieprocedure?'

'Ja, zonder formele procedure, misschien niet helemaal *comme il faut*', gaf Kortewiek licht schouderophalend toe.

Bij zijn weten was het professoraat germanistiek in Groningen helemaal niet vacant. *Hij* dacht eigenlijk dat de leerstoel van *hem* was, zei Knirr op kille toon.

'Nou', antwoordde Kortewiek en liet zijn blik kalm op zijn handen rusten, 'die van mij wordt een parallelle leerstoel.'

'Parallel?', riep Knirr, 'bij dit minivak?'

'Ja, we zullen een manier met elkaar moeten vinden, in dezelfde rang.'

Waltraud keek de mannen ontzet aan. Zonder de universiteitshiërarchie goed genoeg te kennen, doorzag ze in één klap dat het hier niet om *parallel* en *dezelfde rang* ging. Knirr was helemaal bleek geworden. In elkaar gezakt op zijn stoel draaide hij zijn halfvolle wijnglas onhandig rond met beide handen en staarde erin. Tegenover hem zat Kortewiek, rechtop, hij nam onbewogen een slok water en kondigde daarmee het einde van het gesprek aan. Die had alles onder controle. Zoals elk van zijn precies geformuleerde woorden hier, zo had deze Kortewiek de hele coup messcherp gecalculeerd. Stiekem, achterbaks, konkelend. Waarom? Aan de dijk zetten, uitrangeren wilde hij Knirr, wegwerken. Oh God, Greifswald!

De kans was verkeken. Waltraud voelde een steek in haar hart. Ze moest deze vernederende scène hier beëindigen. Nee, hem niet omhelzen, niet eens haar hand op de zijne leggen, ook niet *Knirps* zeggen. Ze moest hem hier alleen maar weghalen, onmiddellijk. Waltraud stond op, trok in de toegangshal haar jas aan, bracht Knirr zijn jas en zei zacht:

'Kom!'

17 | Aan de dijk gezet

In het prachtig gerestaureerde classicistische raadhuis stond de burgemeester zijn Oldenburgse collega op te wachten, die met een grote delegatie vanuit de Duitse partnerstad naar Groningen was komen reizen. Ook Waltraud was voor de plechtige ontvangst uitgenodigd, want zij had het nieuwe Groningen-boek, dat hier officieel aan de Duitse gasten zou worden uitgereikt, vertaald. Trots overhandigde de lector van de gevestigde Groninger uitgeverij *Noordhof* haar een exemplaar, vers van de pers.

'Kijk Waltraud, hoe mooi ons boek geworden is. Nog net op tijd klaar.'
Ze ging in een hoek zitten en begon nieuwsgierig in het boek te bladeren, stokte even, bekeek nog een keer ongelovig de omslag, het impressum op de binnenzijde, ja, het klopte: *Vertaling uit het Nederlands: Waltraud Knirr*, maar Waltraud kende haar tekst niet terug. Vele passages waren toegevoegd. Zorgvuldig door haar in het Duits vertaalde vaktermen hadden in de gedrukte tekst moeten wijken voor onzinnige, letterlijke vertalingen, elke persoonsverwijzing was in de mannelijke en de vrouwelijke vorm weergegeven, zonder dat de werkwoordsvorm navenant was aangepast, er was bijna geen enkele zin zonder ernstige taalfout. Bij de eerste zin *Groningen ist die Provinciaalische Hauptstad in die noordöstliches Niederlände* sprong ze op en liep briesend van kwaadheid op de lector af. Hoe had dat kunnen gebeuren? Heel simpel: de slotredactie van het boek was toevertrouwd aan een Italiaanse, en die had Waltrauds vertaling grondig bewerkt.

'Begrijp ik het goed: u laat mijn Duitse tekst door een Italiaanse be-

17 | Aan de dijk gezet

werken? Ik kan het niet geloven.' De Nederlandse lector dacht Waltraud gerust te kunnen stellen door trouwhartig te verzekeren:
'Chiara Toniolo doet al jaren de eindredactie van Duitse teksten voor onze uitgeverij. Zij kan dat. Ze heeft een Duitse man.' Waltraud hapte naar lucht, blies zich krachtig de haren van het voorhoofd, wilde van de lector eisen het boek te vernietigen, of tenminste haar naam als vertaler te schrappen, maar dat ging allemaal niet meer, want intussen had de raadszaal zich gevuld en de zware deuren werden gesloten.

Na de welkomsttoespraak nodigde de burgemeester professor dr. Louis-Karel Kortewiek, als de leerstoelbekleder germanistiek ter plaatse, uit om bij de katheder te gaan staan. Vluchten kon niet meer; Waltraud bleef dus zitten en, om te voorkomen dat ze zou gaan schreeuwen en Kortewiek een oorvijg zou verkopen, deed ze de ademoefeningen die ze van het koorzingen kende.

Kortewiek zag er onbeschaamd goed uit in zijn driedelig grijs kostuum. Hij hoefde niet één keer op zijn papiertje te kijken en scheen met zijn flitsende ogen contact te houden met iedereen in het publiek, vooral met de vrouwen. Met kleine variaties sneed hij zijn standaardredevoering over culturele betrekkingen tussen Noord-Duitsland en Noordoostelijk Nederland toe op het aanwezige gehoor. Als gastspreker bij de krans van professorendames had hij bijvoorbeeld de eetgewoonten en tuinaanleg in zijn anders op taal en literatuur gerichte uiteenzettingen betrokken. Steeds vaker liet hij de regionale begrenzing weg, maar altijd presenteerde hij zich als dé professor germanistiek van de universiteit Groningen. Wat hij hier in de raadszaal zei drong niet door tot Waltraud. Het scheen grappig te zijn, ook de Duitse toehoorders lachten vaak. Zijn Duits was blijkbaar goed te verstaan.

Toen na de redevoering eindelijk het onzalige boek werd overhandigd aan de vertegenwoordigers van de Duitse partnerstad, dook Waltraud weg, ze wilde er meteen na de plechtigheid tussenuit knijpen. Maar de lector riep haar luidkeels terug, om de vertaalster van zijn mooie boek trots voor te stellen aan enige Duitse eregasten.

'Bent u Duitse?'

'Ja.'

'En u woont in Nederland?'

'Ja.'

'Wat heeft u dan hierheen gebracht?' Al weer die vraag! De combinatie: Duits + woonachtig in Nederland had blijkbaar voor deze vragenstellers een verklaring, ja zelfs een verontschuldiging nodig. Welk excuus voor haar wonen in Nederland verwachtten ze nou eigenlijk? Waltraud vond haar korte ja's tot nu toe al onbeleefd genoeg en antwoordde daarom braaf:

'Mijn man werkt als germanist aan de Groninger universiteit, daarom wonen wij hier.' Dat hoorde de burgemeester van Groningen, hij kwam bij de groep staan en riep vrolijk:

'Ach, uw man is medewerker van onze professor Kortewiek?'

18 | De Friese begrafenis

Hoewel Waltraud en Bernhard Knirr al een uur voor het begin van de rouwplechtigheid in het Friese Lytseterp, de woonplaats van de Donneurs, waren aangekomen, konden ze geen plaats meer vinden in de kerk. De rouwtoespraken ter gelegenheid van de dood van Marc Donneur zouden echter in het dorpshuis en in de reusachtige schuur van de herenboerderij *Bottemaheerd* via een luidspreker te horen zijn. Om de wachttijd op hun bank achter in de schuur te bekorten, bladerden de Knirrs in het dunne bandje dat hun samen met de uitnodiging voor de rouwplechtigheid was toegezonden. De auteur was wijlen de goede oude Marc Donneur, de voorganger van Knirr. Hoewel professor in de germanistiek, liet hij zich in het boekje niet in het Duits, maar in het Nederlands uit over *Het niveau van de hogere grondbeginselen in de regels van de Duitse spelling.*

'Mijn God, dat dingetje is zijn proefschrift', fluisterde Knirr.

'Zo dun?'

'Sst, ja.'

'Had hij dat niet beter een paar decennia eerder kunnen publiceren? Carrièrebevorderend is het werkje nu bepaald niet meer.'

'Niet zo luid, Waltraud, sst, een echte publicatie is het ook nu niet. Kijk, in eigen beheer uitgegeven, door zijn zoon.'

'Schattig eigenlijk, handgebonden, erg mooi gemaakt', zei ze en streelde over het nog zichtbare afwerkkoordje. Waltraud stak het bandje terug in haar zwarte schooltas. Alleen de Knirrs waren in het zwart, de andere begrafenisgasten droegen of hun gewone kleren, velen zelfs met bonte kleuren, of ze waren in het grijs, met name de eregasten in de kerk. Aan de blik van de vele toehoorders in het dorpshuis en de schuur onttrokken begon de niet-christelijke plechtigheid, zonder geestelijke, onder de discrete leiding van de zoon van Marc en Théra Donneur-Bottema. Muziek, natuurlijk Franse pianomuziek, omlijstte de toespraken van familieleden, politici, journalisten, buren, vrienden, leden van talloze elitaire verenigingen, voormalige collega's en natuurlijk vertegenwoordigers van de Groninger universiteit. En toen sprak Kortewiek, de student, de promovendus, de assistent, de jarenlange medewerker, die zich tot de persoonlijke vrienden van Donneur mocht rekenen en die de eer had intussen tot de intimi van de hele familie te behoren. Ja, hij was dat alles en nog meer. De zoon van de overledene bedankte Kortewiek na zijn ontroerende toespraak met de woorden:

'Onze dank gaat uit naar professor dr. Louis-Karel Kortewiek, in wie de universiteit van Groningen de waardige opvolger van mijn vader als professor germanistiek heeft gevonden.' Toen de slotmuziek was weggestorven, werd de kist uit de kerk gedragen, naar het familiegraf Bottema-Donneur op het naastgelegen kerkhof op de wierde. Ook hier was geen plaats voor alle treurenden. Zo wachtten de eersten al in de *Bottemaheerd*, waar ze de familieleden wilden condoleren, terwijl honderden nog langs het graf defileerden om afscheid van professor dr. Marc Donneur te nemen. Waltraud en Bernhard Knirr bleven niet bij het koffiedrinken in de *Bottemaheerd*.

19 | Op een hopeloze post

'Nee, u vergist zich: professor Knirr is wel degelijk nog in zijn ambt. – Nee, professor Kortewiek is juist *niet* voor hem in de plaats gekomen. – Onmogelijk, nee, een benoemingscommissie voor onze nieuwe onderzoeksdirecteur kan in geen geval zonder professor Knirr bij elkaar komen, híj was het tenslotte die de Duitslandstudies een paar jaar geleden pas in het leven heeft geroepen. – Hoort u eens, ook al is Kortewiek honderdmaal aangewezen als voorzitter van de commissie, Knirr hoort er ook in, basta. Nodigt u hem officieel uit, onmiddellijk!' Tot zover de directeur Duitslandstudies, dr. Lies Bakker.

Het was niet de eerste keer dat Lies Knirr, zonder dat hij het wist, met geweld gremia binnen moest loodsen waarin de leerstoelbekleder een plaats en een stem toekwam. Alsof er vóór de benoeming van Kortewiek geen professor germanistiek was geweest, beschouwde de Groninger universiteit Kortewiek als dé hoogleraar Duitse taal- en letterkunde. Knirr bestond eenvoudigweg niet. Het was niet zo dat men hem slecht behandelde - men behandelde hem om precies te zijn helemaal niet; men deed hem niets *aan*, maar men deed ook niets *voor* hem. Met vereende krachten probeerden zijn secretaresse, Eelco Terlouw, Lies en ook al de nieuwe promovendi voor hun baas bij alle mogelijke bijeenkomsten, zo niet het voorzitterschap dat hem eigenlijk toekwam, dan toch tenminste zijn deelname op tijd veilig te stellen.

Nog meer pijnlijkheden, zoals onlangs bij het vreemdetaleninstituut, wilden ze hem besparen: het instituut had alle filologieprofessoren van

19 | Op een hopeloze post

de universiteit Groningen voor zijn jaarvergadering uitgenodigd en daarbij Knirr over het hoofd gezien. Verbazingwekkend argeloos vroeg die aan zijn secretaresse zo snel mogelijk plaats en tijdstip na te vragen, maar de directeur ging dwarsliggen: het verzoek om een uitnodiging vond hij rijkelijk laat. Bovendien stond niet Knirr op zijn lijstje, maar professor Kortewiek, en twee vertegenwoordigers van zo'n klein vakgebied zou ongebruikelijk zijn. *Ongebruikelijk*, dat betekent in het op consensus gerichte Nederland een absoluut verbod. Iets ongebruikelijks doet men nooit ofte nimmer. Dat Knirr na deze bruuske afwijzing weigerde om Kortewiek in eigen persoon, of de letterendecaan in te schakelen, om de deelname toch nog door te drukken, bleek een fout te zijn: Knirr bleef van de lijst geschrapt en werd als gevolg daarvan ook niet uitgenodigd voor latere bijeenkomsten.

Daarom handelde hij bij de landelijke filologenconferentie in Nijmegen anders. Met het oog op de dalende studentenaantallen in de vreemde talen, in het bijzonder wat Duits aanging, had het Nederlandse ministerie van Onderwijs en Wetenschappen alle letterenfaculteiten recentelijk opgeroepen speerpunten te formuleren, aan de hand waarvan de verschillende universiteiten nauwer konden samenwerken, koren op Knirrs molen. Want met zijn Nijmeegse collega, een oud-germanist, bracht hij de gewenste samenwerking al in de praktijk, sinds Patrick Wolfsons leerstoel oud-germanistiek niet opnieuw bezet was. Op het collegiale telefoontje uit Nijmegen was Knirr echter niet voorbereid:

'Komt Waltraud ook mee? Wij zouden het op prijs stellen als jullie bij ons overnachten. Maar kom dan alsjeblieft een dag eerder, dan kunnen we samen in alle rust nog voor de officiële conferentie onze ervaringen met de samenwerking op papier zetten.'

'Meekomen? Waarheen? Wanneer? Welke conferentie?' Knirr had geen uitnodiging ontvangen. Die zou hij deze keer echter bevechten, deze keer beslist.

Bij de rector, een hoogleraar in de rechtsfilosofie, had hij met dat doel zo on-Nederlands resoluut aangedrongen op een afspraak op korte termijn, dat die voorzichtigheidshalve bijstand vroeg van de letterendecaan, een mediëvist. Halfhartig mengde Knirr zich in het geestrijke gesprek tussen de middeleeuwenexpert en de jurist, want hij tastte nerveus ieder woord af op deugdelijkheid om tot zijn verzoek over te gaan. Zijn wens rechtstreeks ter sprake brengen zouden de gedistingeerde oudere heren als bot hebben ervaren. De beminnelijke rector toonde weldra begrip voor de *jonge* wetenschapper Knirr en kwam met een elegante omweg van de uitweiding van de decaan over het Latijn als *lingua franca* ten tijde van de eerste encyclopedist, Vincent van Beauvais, anno 1200, op de rol die de Duitse taal speelt in rechtsfilosofische teksten van vandaag. En daarmee was men in ieder geval al bij het heden, en zelfs behoorlijk dicht bij de germanistiek gekomen, hoewel Knirr moeite had om met zijn profane verzoek aan te komen tegen de achtergrond van zoiets hooggestemds als de eerste encyclopedie op aarde en Duits als filosofische taal.

Maar dapper eiste hij zijn recht op deelname aan de conferentie in Nijmegen op. De rechtsfilosofische rector zweeg een ogenblik geërgerd en antwoordde Knirr toen op koele toon dat ook Nederland niet helemaal zonder hiërarchie en officiële procedures kon en dat *wetenschappelijk medewerkers* zich tot hun leerstoelbekleder, in zijn geval dus Kortewiek, moesten wenden. Voordat Knirr, als door de bliksem getroffen, dat *wetenschappelijk medewerkers* kon rechtzetten, bekende de decaan dat de bevoegdheden in de Groningse germanistiek niet helemaal duidelijk waren, waarop de rector kwaad riep:

'Dan moet Kortewiek die maar ophelderen.' Zichtbaar verlegen met de situatie schoof de decaan de rector het klaarliggende personeelsdossier van Knirr toe. De rector wierp er onwillig een blik in, maar las verder, schraapte zijn keel herhaaldelijk, werd zelfs rood en stuurde, met behoorlijk inboeten aan eloquentie, nu zonder omwegen aan op het beëindigen van het gesprek: hij stond niet mis te verstaan op en beloofde knorrig dat de decaan en hij zouden zorgen voor een uitnodiging voor de Nijmeegse

19 | Op een hopeloze post

filologenconferentie.

20 | De Wende

De zorgvuldig geselecteerde leden van de Rijksuniversiteit Groningen waren enkele dagen voor de verlening van het eredoctoraat aan dr. Helmut Kohl in de aula ontboden om vragen te bedenken die men aan de doctor honoris causa zou kunnen stellen tijdens de forumdiscussie. Alles was toegestaan, behalve vragen over het bestbewaarde geheim, waarom in 's hemelsnaam juist de RUG in de herfst van 2000 deze eer wilde bewijzen aan de oud-bondskanselier. Excellente wetenschappelijke prestaties? Een innige verhouding met Nederland? Bijzondere betrekkingen met de stad? Met de RUG? Nee, nee en nog eens nee!

Nog op het laatste moment had de decaan van de letterenfaculteit ook de Knirrs een uitnodiging doen toekomen om als toehoorders de discussie bij te wonen.

'Speelt Kortewiek weer de voorman der germanisten op het podium?'

'Vermoedelijk wel, ja, maar hier gaat het immers niet om de wetenschap, dus hij kan wat mij betreft acteren zoals hij wil. Kom toch mee, Waltraud.'

Onwillig volgde ze Knirr naar de grote zaal van de Nederlandse Gasunie, die het feest organiseerde. Kohl liet de vele toespraken over zich heen komen en had nauwelijks de vragen van het zo goed voorbereide podium nodig. Men liet het strijdperk graag over aan de oud-bondskanselier, zelfs Kortewiek boven op het podium. Beneden in de zaal echter had Waltraud een rijmpje bedacht dat ze Knirr giechelend toefluisterde:

'*O wat sneu dat niemand weet,*
waarom Kohl nu 'doctor' heet.'

'Sst, Waltraud, we zijn hier niet de enigen die Duits verstaan.'
Men hoefde er bij Kohl niet lang op aan te dringen om vooral over de vorming van de Duitse eenheid te spreken, zijn werk. Zelfbewust presenteerde hij zijn prestatie als het bliksemsnel doorzien van de nieuwe situatie, het aftasten van de onderhandelingsruimte, het juiste manoeuvreren en het kordate scheppen van nieuwe feiten, met medewerking van enige spelers, wier vertrouwen hij zich in de loop van zijn lange bondskanselierschap had verworven.

En de man daarboven – wiens wereldbeschouwing en politieke overtuigingen Knirr absoluut niet deelde, wiens geloof in de scheppingskracht van de individuele staatsman Knirr, die vooral in structuren geloofde, geneigd was af te doen als verheerlijkende heldengeschiedschrijving – die man daarboven maakte helemaal geen aanmatigende indruk. Alle structuren ten spijt, het leek verdomd wel alsof zonder bondskanselier Kohl die Duitse eenheid niet op afzienbare termijn tot stand zou zijn gekomen. Kohl onvervangbaar, een held?

'Heel Nederland ligt plotseling aan zijn voeten', fluisterde Waltraud. 'Waarschijnlijk beheersen ze het Duits net te weinig om die walgelijke zelfbewieroking te doorzien.'

'Ik weet het eigenlijk niet, Waltraud. Mijn jarenlange wantrouwen tegenover een Duitse eenwording...'

'Zeg gerust *hereniging*, Knirps. Dat klinkt ons toch sinds onze jeugd vertrouwd in de oren. Om de *hereniging* compleet te maken moeten we dan zeker ook nog Silezië en Oost-Pruisen weer binnen het rijk halen? Jammer dat Kohl de Grote dat nu niet meer nog even snel in zijn eentje kan regelen; in de nieuwe rijkshoofdstad zijn nu immers de sociaal-democraten aan de macht.'

'Niet zo giftig nou, Waltraud. Ik zeg nu *Duitse eenheid*, en ik denk dat mijn eerdere wantrouwen ongegrond was.'

'Ongegrond? De angst voor een Groot-Duitsland heeft, zoals je je misschien nog vaag herinnert, God nog aan toe een stevig fundament. Die angst heerst overigens niet alleen hier bij ons in Nederland.'

'Dat klopt, maar onze generatie Duitsers had zich desondanks niet mogen schikken in die onmenselijke splitsing van Duitsland en die daarmee bevestigen. We hebben het broeder-en-zustergepraat voor pure lippendienst van vaderlandse ouderen gehouden.'

'Kom nou toch!' riep Waltraud, haar ponyslierten omhoog blazend. 'Je gaat toch niet plotseling dat huichelachtige oerconservatieve gezwets goedpraten dat we alle jaren weer op de Dag van de Duitse Eenheid op de 17e juni hoorden.'

'Het was niet allemaal oerconservatief en huichelachtig, Waltraud. In ieder geval sprak ook Willy Brandt daarvan. Maar pas nu, naderhand, geloof ik dat de Duitse eenheid een diepgewortelde hartenwens van hem was.'

'En onze twijfels over de concrete consequenties van de Duitse eenheid? De angst voor de nieuwe oude rijkshoofdstad? Zo maar ineens weggeblazen? Door die opgeblazen Kohl?'

'Niet door hem. Ik denk al langer dat ze inderdaad ongegrond waren. Berlijn gedraagt zich absoluut niet als rijkshoofdstad.'

'Aha, en jij kunt het weten, je bent daar immers vaak genoeg je onderzoek aan het doen. Maar bedriegt mijn herinnering mij, of heeft een zekere professor Knirr nog niet zo lang geleden een open protestbrief ondertekend tegen de intrek van de Bondsdag in het Rijksdaggebouw? Ook die overwegingen gelden niet meer?'

'Ook die niet, Waltraud! Ik denk dat het ze lukt om in dat oude gebouw een modern parlement te vestigen.'

'En onze Ossi-Wessibedenkingen, die jouw beslissing tegen Greifswald toch nog zwaarwegend beïnvloed hebben?'

'Die afstand, die gereserveerdheid tussen Oost- en West-Duitsers houd ik beslist nog niet voor overwonnen. Maar die zou mij nu niet meer weerhouden van een overstap naar het oosten.'

'Daarover kan je, helaas voor jou, nu alleen nog in de zou-modus spreken, zo'n overstap naar het Duitse vaderland! In de irrealis! Maar de *Wende* in je hoofd, die is in de realis. Knirps, wat ben je veranderd!'

21 | Het jubileum

Thia, de secretaresse, was buiten zichzelf. Van het universiteitsbestuur was een felicitatiebrief voor Knirr binnengekomen met de discrete aankondiging van een bescheiden toelage bij wijze van jubileumuitkering, en zelfs het decanaat was het jubileum niet vergeten en had een reusachtig boeket gestuurd met een felicitatiekaart. Het was Knirrs twaalfenhalfjarig ambtsjubileum en niemand van zijn afdeling had eraan gedacht. Thia trommelde mensen op, kocht taart en bloemen, zette koffie en wachtte op Knirr in de germanistenkeuken, samen met een paar medewerkers.

'Zit hij dan bij wijze van uitzondering niet ondergedoken in Berlijn?'

'Nee, vandaag moet hij hier zijn, hij heeft immers die Maxwell van de universiteit Columbia voor vanmiddag uitgenodigd om een lezing te geven.'

'De theaterpaus?'

'Ja, *die*, dat staat toch op alle affiches.'

'Hoe komt Knirr dan aan die man?'

'Knirr verstopt zich immers niet alleen in zijn Berlijn. Die reist toch overal rond, daar leert hij dan Jan Rap en zijn maat kennen en die sleept hij dan hiernaartoe.' Het kwaadspreken verstomde toen Lies binnenstipstapte, met Knirr in haar kielzog. Die was het jubileum volledig vergeten, hield ook helemaal niet van dat soort feestelijkheden, bedankte weliswaar voor de koffiebijeenkomst en ging daarna meteen de lezing van die middag met de aanwezigen bespreken.

21 | Het jubileum

Sinds de Koninklijke Nederlandse Academie voor Wetenschappen hem zonder opgaaf van redenen de middelen voor het houden van een redactieconferentie van het *Internationale Tijdschrift voor Germanistiek* had geweigerd, probeerde Knirr helemaal niet meer om nog congressen in Groningen te organiseren. Het was destijds maar al te pijnlijk geweest dat hij de vergadering, die tijdens zijn uitgeverschap natuurlijk in Groningen had moeten plaatsvinden, moest afblazen. Zijn contacten met internationale wetenschappers onderhield hij sindsdien voor het grootste deel op de talrijke bijeenkomsten in andere landen en hij nodigde zo nu en dan individuele wetenschappers uit voor een gastlezing in Groningen. Ze logeerden dan, vaak met hun echtgenote, bij hem in het molenhuis.

Voor de theaterwetenschappelijke lezing van Maxwell waren toehoorders uit Duitsland en uit verschillende disciplines van zowat alle Nederlandse universiteiten aan komen reizen, en zelfs uit Groningen had de afdeling van Knirr nog ettelijke geïnteresseerden, ook niet-germanisten, kunnen werven, genoeg om de grote collegezaal te vullen. Bij de nazit bleven veel toehoorders om na te praten. Zodra Maxwell op gehoorsafstand was, schakelden alle groepjes over op Engels. Een beetje Duits kon Maxwell weliswaar, dat had hij bij de Amish-people, Mennonieten in Pennsylvanië, geleerd. Wat Knirr lang geleden in Wenen eens van hem had gehoord, klonk in ieder geval erg naar Elzassisch uit de zeventiende eeuw, om precies te zijn naar dat wat overblijft als boerenfamilies de taal van hun geëmigreerde voorvaderen met niets anders dan Bijbellezen onderhouden. Omdat Maxwell niet het gevaar wilde lopen intellectueel te worden onderschat, sprak hij, tenminste in het openbaar, sinds lange tijd wijselijk uitsluitend Engels en liet liever de anderen hakkelen.

Oudere Duitse gasten probeerden nogal onbeholpen Engels te spreken, met harde glottisslagen, en bleven steeds weer steken, vermoedelijk omdat ze de grammaticaregels uit hun geheugen moesten opdiepen. Ze maakten een *merkwaardig pedante* indruk – Heine had gelijk –, maar eerder angstig dan laatdunkend. De jongeren echter konden – net

Het jubileum | 21

als hun Nederlandse leeftijdgenoten – in een soort gereduceerd spreektaal-Amerikaans heel vlot communiceren, hoewel met grove taalblunders. De oudere Nederlanders daarentegen regen met een zwaar Nederlands accent onbekommerd converserend nietsvermoedend ongehoorde taalfouten aaneen, die zich mengden tot een vrolijk koeterwaals. Het was Waltraud al jaren een raadsel hoe ter wereld dit volk als uitgesproken veeltalig kon gelden. Bij haar hadden ze hun reputatie grondig verspeeld, als ze door Nederlanders geschreven *Engelse* teksten in het Duits moest vertalen. Het verprutste Engels was pas na terugvertalen in het Nederlands te ontsleutelen.

In het veelstemmige koor van al deze meer of minder gevorderde Engelssprekenden speelde Maxwell zijn taalvoordeel uit en hij domineerde met breed uithalende, theatrale gebaren zelfbewust elke discussie.

Dat beviel Kortewiek, die aan de rand van een grotere groep op de gelegenheid wachtte Maxwell van repliek te dienen, zichtbaar niet. Maar *wat* hij ten slotte eigenlijk te berde wilde brengen, kwam helemaal niet over, want hij was veel te veel met het *hoe* bezig. De omstanders kenden hun Kortewiek niet terug. Was hij eigenlijk dikker geworden? Zijn kostuum zat krapper dan anders. Het neuzelende Amerikaans bedierf zijn sonore bariton, hij bleef steken, schraapte zijn keel en zijn nerveuze gebaren konden de ontbrekende woorden niet compenseren. Onrustig keek hij aan Maxwell voorbij, die Kortewieks woordenbrij elegant samenvatte tot een welluidend Maxwell-statement. Kortewiek knikte gekweld, nam een slok water, depte zich verholen het zweet van het voorhoofd en verdween al gauw. Ook bij het feestje 's avonds in het molenhuis verscheen hij niet. Madelon had zich telefonisch verontschuldigd. Migraine.

Ook van de andere genodigden uit Nederland doken maar weinig op. De Knirrs hadden het afgeleerd te speculeren over de redenen van het wegblijven. Pieter Steen was zelfs niet bij de lezing verschenen, want die had immers niets met linguïstiek te maken. Knirrs jongere promovendi echter en ook enkele studenten kwamen juist aangefietst.

21 | Het jubileum

Lies en de secretaresse hielpen Waltraud de gasten te verzorgen met een landelijk etentje uit de Aga. De eregast genoot van de avond. Met de vrouwen flirtte Maxwell, tegenover de studenten hing hij de docent uit en met Terlouw, Knirr en de promovendi discussieerde hij. Lies moest zich vanuit de vrouwenafdeling binnenwurmen in de serieuze wetenschappersafdeling, waar men bij Knirrs metropolenproject over het *Berlijnse en Weense modernisme* was aangeland. Het was zo ver gevorderd dat binnenkort ook Eelco Terlouw met zijn Amsterdamonderzoek kon aanhaken.

'Zou je je handen al niet vol hebben aan alleen de coördinatie van dit enorme interdisciplinaire project, Börnhard? Het verbaast me dat je hoogstpersoonlijk in het basisonderzoek bent gedoken en het aanzienlijke Berlijnse deel zelf doet. Je moet zelfs de archieven in, of niet?'

'Ja', zuchtte Knirr, 'dat was oorspronkelijk ook niet mijn bedoeling, Ron. Met veel moeite hebben we promovendi voor deelaspecten kunnen inzetten.' Knirr stimuleerde de aanwezige promovendi hun onderzoek betreffende communicatie en concurrentie tussen Berlijn en Wenen toe te lichten en vervolgde aansluitend:

'Maar voor het veelomvattende onderzoek over het Berlijnse modernisme, eigenlijk een post-doc-project, heb ik niemand kunnen vinden, dus dat doe ik dan maar zelf.'

'Waarom wilde geen pas gepromoveerde dat doen?'

'Geïnteresseerden uit Duitsland aarzelen om zich te binden aan een mammoetproject waarmee ze zich niet kunnen habiliteren om het doceerrecht aan een Duitse universiteit te verkrijgen Hier bij ons in Nederland bestaat immers geen habilitatie.'

'Niet alleen in Nederland niet, Börnhard. Alleen jullie Duitsers houden vast aan jullie elitaire professorenkeur van anno het jaar zoveel.'

'Tja, verouderd of niet, de jonge Duitse wetenschappers kunnen zich er niet aan onttrekken. En de Nederlandse geïnteresseerden', voer Knirr voort, 'die willen absoluut niet in Berlijn werken.'

'Hoezo niet, ze zouden daarvoor toch in de rij moeten staan.'

Het jubileum | 21

Waarom ze niet in rij stonden, verhelderde Lies:
'Berlijn, dat is ook zonder ijzeren gordijn voor veel Nederlanders nog steeds taboe. Als echte globetrotters reizen mijn landgenoten de hele wereld over, maar ze gaan met een grote boog om Berlijn heen. Hoogstens eens een uurtje op het *Alexanderplatz*, als men toch net op weg is naar Warschau. Praag is natuurlijk ook een bezienswaardig reisdoel. Maar Berlijn? Pruisisch, later nationaal-socialistisch machtscentrum, en nu weer Duitse hoofdstad, nee.' Eelco Terlouw knikte, maar zei toen sussend:

'Lies heeft nog wel gelijk. De reserves tegenover de Duitse eenwording en de nieuwe oude Duitse hoofdstad waren bij ons groot. Maar dat begint langzamerhand te veranderen. Er zijn al kranten die, na zich spottend uitgelaten te hebben over de would-be-wereldstad, nu een draai maken naar berichten over het zich tot een eenheid ontwikkelende Berlijn. Ze beginnen al de nieuwsgierigheid van reislustige Nederlanders te wekken.'

'Je bent een optimist, Eelco. Reizigers naar Berlijn moeten zich hier nog rechtvaardigen, zelfs verontschuldigen. Dat houdt niet meteen op als de kranten een omslag maken.'

'Zeg eens, Börnhard', begon Ron Maxwell en trok Knirr apart, 'in de reserves tegenover Berlijn manifesteert zich toch duidelijk nog steeds een sterke afwijzing van Duitsland. Treft die antipathie dan niet ook Duitsers die in Nederland werken?'

'Dat doet ze.'

'Maar hoe is het dan te verklaren dat jij hier al zo lang werkt, Börnhard? Ik hoorde dat het vandaag precies twaalfenhalf jaar is.'

'Het heeft een tijdje geduurd tot ik begreep hoe diep de anti-Duitse gevoelens hier zitten en toen ...', hier viel Waltraud hem in de rede: '... en toen heb ik Bernhard behoed voor een mogelijke vlucht naar Oost-Duitsland, en toen ...', Knirr weer, die gauw een eind wilde maken aan het onderwerp: '... en toen heb ik me erin geschikt en kan ik er nogal goed mee leven.'

'*En leefde nog lang gelukkig en tevreden*? Nee, Börnhard, dat sprookjes-

21 | Het jubileum

einde kan je mij niet wijsmaken, jij niet.'

'Nou ja goed, Ron, ik ben ver over de vijftig. Dan krijg je in Duitsland geen benoeming meer. Dus moest ik mij hier wel schikken.'

'Een Börnhard Knirr moest zich schikken? Jij had toch de professoraten voor het uitzoeken. Onbegrijpelijk, dat zelfs jullie als internationaal hooggewaardeerde wetenschappers geen eind hebben kunnen maken aan die belachelijke leeftijdsdiscriminatie, die hier bij jullie in Europa al begint bij 50. Maar als de situatie zo is, zie ik jouw Berlijnproject in een ander licht. Het kwam je zeer gelegen, of niet?'

'Klopt, het kwam me zeer gelegen.'

22 | De knockout

Europa ist verfolgt durch ein Geist. Dieses heißt das Kommunismus.
Knirr las het Marx-Engels-citaat over het communisme dat in de gedaante van een spook Europa vervolgde in het studentenverslag met groeiende ergernis.
'Wordt met dat morswerk Marx bedoeld?'
'Ja, kent u dat, meneer Knirr?'
'Nu, dit morswerk niet, Marx met veel fantasie wel! De moeite van het vertalen had u zich overigens kunnen besparen. U moet natuurlijk de Duitse tekst nemen, Marx en Engels in de originele taal', zei Knirr op scherpe toon en citeerde luid: *'Ein Gespenst geht um in Europa – das Gespenst des Kommunismus.'*
'Oh, is die tekst er ook in het Duits?'
'Mijn God, ja! Marx en Engels zijn Duitsers! En werkelijk, hun communistisch manifest is er ook in het Duits.'
Knirr nam het zichzelf na deze botte terechtwijzing kwalijk dat het studentje nu moest boeten voor de massa's Nederlanders voor wie Duits alleen maar rijmt op rechts-nationaal. Zelfs Waltraud had zich onlangs beklaagd over haar rooievrouwenkoor, waar ze het bij de laatste 1 mei-viering niet voor elkaar had gekregen voor de originele versie van het Solidariteitslied van Brecht te kiezen in plaats van voor de Nederlandse vertaling:
'Och, dat klinkt toch niet in het Duits, Duits is daar toch helemaal niet geschikt voor.'

En weer kolkte de Willy Brandt-geschiedenis in hem omhoog, die toch al jaren achter hem lag. Toen hadden Waltraud en hij nog samen ingezonden brieven geschreven. De gerenommeerde *Amsterdamse Courant* had Brandt in een *in memoriam* als onverschrokken strijder voor vrijheid en democratie geroemd – met volle instemming van de Knirrs. Maar toen weidde de tekst uit over Brandts unieke lijden onder de Duitsers en zijn niet aflatende strijd tegen hen. Verdomd nog aan toe, was hij dan niet ook ooit tot Duitse bondskanselier gekozen? Door wie dan eigenlijk?

Nooit zou Knirr de verzuchting van zijn Heine, dat de gedachte aan Duitsland hem uit de slaap had gehouden, als diens liefdesverklaring aan Duitsland duidelijk kunnen maken. Arme Heine, arme Marx, arme Brecht, arme Brandt, allemaal voor eeuwig tot bannelingen gemaakt! En op weg naar de werkkamer van Lies voegde hij er, al weer glimlachend, aan toe: 'Arme Knirr'.

Lies was juist aan het bellen en gebaarde hem dat ze vanavond naar het molenhuis zou komen.

Op de terugweg stopte hij natuurlijk weer op zijn brug. De Damste wist niet waar zij met het water heen moest: diep onder de oppervlakte wilde ze sinds de oertijd naar de Noordzee, maar de wind daarboven blies het water in de tegenovergestelde richting, naar de stad, en geselde donkere golven tot een branding. De laatste dagen was het water van de rivier met het uur gestegen, het had eerst Knirrs roeiboot en toen de zelfgebouwde steiger verzwolgen en lekte steeds hoger aan het gras van de dijk. Zelfs Johan had blijkbaar medelijden met zijn leenram en had Rammses V op het droge gebracht. Knirr liet zich op de kruin van de dijk uitwaaien. Al spoedig zou de Damste al het overtollige water, de steiger en het bootje weer uitspuwen en, alsof ze geen slootje in beweging kon brengen, onverstoorbaar in de goede richting stromen. De zekerheid van dit wisselend spel, dat Knirr nu al een paar jaar had meebeleefd, stelde hem gerust. Morgen zou hij een paar dakpannen moeten vervangen, dat was alles. Iedere Klein-Mensinger had daarvan een stapel achter zijn huis liggen.

Bij de eerste storm in het dijkhuis destijds had Waltraud nog angstig naar de kreunende wilg gestaard ('Ach mijn lieve god, ze zal ons verpletteren!') en de volgende morgen opgewonden de dakdekker gebeld ('Ach, mijn lieve god, u kunt toch zelf die paar pannen wel rechtleggen!').

Knirr stapte het huis binnen. In de keuken brandde een welkomstlamp, en in de Aga stond iets gezonds voor hem klaar. Zoals zo vaak lag er een briefje op de keukentafel met de mededeling: 'Ik ga vanavond na het koor nog naar de school. Kan laat worden.'

In Terlouws schoolgebouw in het naburige dorp was Waltraud de laatste tijd voortdurend. Truusje had, nadat ze bij Hanne was ingetrokken, gezorgd dat Hanne de nodige tijd kreeg voor haar heksenonderzoek, later ondersteund door Waltraud: naast haar halve onderwijsbaan zorgde de een voor het huishouden van de Terlouws, en de ander bekommerde zich, naast haar vertaalwerk, om het huiswerk van de jongens.

'Alledrie spreken ze uitstekend Duits', meldde Eelco Terlouw trots. 'Je hoort zelfs lichtjes Waltrauds Noord-Duitse tongval erin.'

'God mag weten hoe je het uithoudt met al die wijven', zuchtte Knirr.

'Het wijvenhuishouden loopt als gesmeerd.'

'Ik bedoelde het niet in huishoudelijke zin, Eelco.'

'OK dan: ook het samenwonen gaat goed. Ik ben vaak op reis, maar ik kom graag thuis, hoe vreemd dat ook mag klinken voor een buitenstaander. Hanne is sinds haar promotie niet meer zo jachtig. Ze vervult zonder stress haar halve baan als wetenschappelijk medewerker en publiceert ook, niet veel, maar wel regelmatig. In de aanwezigheid van Truusje, intussen godlof zonder hond, heb ik mij geschikt. Het is nu eenmaal zo dat Hanne iets meer nodig heeft dan ik haar kan geven.'

'En ook wat anders, Eelco.'

'En ook wat anders, zeker.' Terlouw keek Knirr, geconcentreerd met beide ogen, onderzoekend aan en aarzelde maar kort, voor hij ook Waltraud ter sprake bracht.

'Ik weet overigens niet precies welke niche jouw Waltraud in dit idyllische nestje opvult; ik weet alleen dat ze er op de een of andere manier in past. Het is me een getjilp en gezang en gelach daar voor in het schoolmeestershuis! De jongens worden uiterst liefdevol verzorgd door de vrouwen, door *onze* vrouwen', voegde hij eraan toe.

'En jij, Eelco?'

'Ik kom niet te kort', antwoordde Terlouw, de blik al weer naar de grond gericht, met een verlegen glimlachje, en Knirr vroeg niet verder. Ze had nu, eind goed, al goed, toch nog haar school en haar leerlingen gevonden, zijn Waltraud, en misschien ook nog wat anders. Het was goed zo.

Het kwam Knirr niet ongelegen dat Waltraud juist vanavond ver van het molenhuis haar onderwijstaken vervulde. Lies kwam met snelle stappen door de schuur aanlopen, smeet haar regenkleding daar ergens neer, kwam de woonkamer binnen en brandde zonder te groeten los:

'Dat hij zo ver zou gaan, dat had ik niet gedacht.'

'Goedenavond Lies, wie gaat hoe ver en waarheen?'

'Pieter Steen! Of beter: Louka!'

'Lies, je kunt Nederlands of Duits spreken, maar het moet wel begrijpelijk zijn.'

'Mijn hoofd staat niet naar flauwekul, en dat van jou zo meteen ook niet meer, luister: die professor uit Keulen, die, in plaats van jou, voorzitter is geworden van onze internationale germanistenvereniging ...'

'... omdat ik immers geen Duitse leerstoel bekleed en dus als Nederlander tel...'

'... omdat jij een *Nederlandse*, en geen *Duitse* leerstoel bekleedt, precies! Let op dit subtiele verschil en laat mij verder vertellen over die vent uit Keulen. Deze heer professor heeft het nu toch wel grondig verbruid bij alle germanisten die ik ken.'

'Inclusief mij, ne *fiese Möpp* is dat.'

'Duits of Nederlands, maar wel begrijpelijk, Bernhard.'

'Een autoritaire hond, een arrogante betweter, een bekrompen nationalist, een snertvent, kortom: een misselijke Duitser!'

'Waarom niet meteen zo helder en duidelijk! Dus die misselijke Duitse heer voorzitter heeft ervoor gezorgd dat alle germanisten van de internationale club de lust totaal is vergaan in de toekomst ooit nog eens een Duitse voorzitter te kiezen.'

'Ik weet het. Maar Duitsland zou trouwens helemaal niet aan de beurt zijn na de ambtsperiode van de Keulse *Möpp*.'

'Maar wat jij niet weet, want dat is achter je rug om gebeurd, is het volgende: de kleine landen ... '

'... precies, die zouden nu aan de beurt zijn voor het voorzitterschap ...'

'... de kleine landen zijn al een stap verder, ze vormen een front niet alleen tegen een vertegenwoordiger van Duitsland, maar tegen een voorzitter uit een Duitstalig land.'

'Mijn zegen heeft het, het front tegen Groot-Duitsland, Lies.'

'De mijne ook. Maar zoals je weet, wordt in de kleine landen, vooral dus in Scandinavië – en voor jouw komst was dat immers ook in Nederland zo – de germanistiek gedomineerd door de linguïstiek.'

Knirr stond ongerust op, keek Lies gespannen aan en liet haar nu zonder onderbreking verder vertellen:

'Het front van de kleine landen is een *linguïstiek* front en keert zich niet alleen tegen een *Duitse* hoogleraar, maar ook tegen een *literatuur*wetenschapper als voorzitter.'

'Aha! Je bedoelt dat Kortewiek daarachter zit?'

'Het front is in ieder geval op initiatief van de Nederlandse linguïsten tot stand gekomen', bevestigde Lies. 'Pieter Steen heeft zich door Louka laten inpakken met een beroep op zijn eer als linguïst, en het verzet georganiseerd.'

'Niet alleen vanwege zijn eer als linguïst, hij wil daarnaast natuurlijk ook afrekenen met mij', voegde Knirr eraan toe.

'Klopt. Pieter was immers zo apetrots dat hij destijds dat stuk over zijn

Nederlandse elementen in het Borkumer Platduits in de *Jenaer Beiträge* geplaatst kreeg. En hij genoot ervan, dat hij daar in Jena als dr. dr. rondliep. Want de Duitsers begrepen zijn doodgewone drs. niet als doctorandus, maar als dubbele doctor. Onze dr. dr. Steen heeft het nooit kunnen verkroppen dat jij het onderwerp niet als promotieproject wilde accepteren.'

'Niet kon, Lies. Het was inhoudelijk toch ongelooflijk dun. Steen heeft werkelijk geen enkel inzicht gepresenteerd dat zich niet ook aan een wandelaar met een rondgang over het Borkumer kerkhof met zijn Nederlandse grafschriften openbaart. Jij bent toch zelf linguïst, Lies, en je weet toch ook wel dat de linguïstiek aan Pieter Steen, behalve dat Borkumartikel in de overigens na de Wende meteen gestaakte *Jenaer Beiträge* niets, maar dan ook niets te danken heeft.'

'Maar nu wel: hij organiseert het anti-literatuurwetenschappelijk linguïstenfront.'

'Nou ja, maar die linguïsten van de kleine landen vormen toch niet de meerderheid in onze internationale vereniging. Ik heb op zijn laatst sinds Wenen', en daarbij glimlachte hij Lies toe, 'van meerdere kanten signalen gekregen dat ik voor velen de voorkeurskandidaat voor het toekomstig voorzitterschap ben. Die vonden het allemaal ontzettend jammer dat ik vanwege mijn Nederlandse leerstoel de laatste keer niet aan bod kwam. Maar nu is een klein land aan de beurt, dus bijvoorbeeld Nederland, dus bijvoorbeeld ik.'

'Dat dacht ik tot op heden ook, tot mij ter ore kwam dat Pieter Steen overal rondvertelt dat jij op het punt staat naar Duitsland te gaan. Hij weet blijkbaar van je eerdere sollicitaties.'

'En hij - of in elk geval Kortewiek – weet, dat ik als eind-vijftiger geen kans meer heb op een Duitse leerstoel.'

'Hij hoeft je eventuele repatriëringsneiging niet eens te bewijzen. Meneer de professor uit Keulen heeft een zo sterke anti-Duitse stemming teweeggebracht dat het al genoeg is jouw Duits-zijn en je veronderstelde pogingen weer naar Duitsland te gaan breed uit te meten. Dat alleen al maakt je impopulair.'

Knirr ging zitten, werd bleek en mompelde hoofdschuddend:

'Dat wil die Kortewiek me nu ook nog afnemen?' Sarcastisch vroeg hij Lies:

'Hebben de linguïsten van de kleine landen dan al een van de hunnen op het oog als voorzitter?'

'Bernhard, je moet hier weg. Neem de een of andere germanistenbaan ergens op de wereld aan. Laat Louka zonder strijd dat godverdomde internationale voorzitterschap. Ik heb Louka's eerzucht onderschat. Voor hem is het openbaar aanzien dat hij geniet in Groningen niet genoeg. Hij wil erkenning als wetenschapper over de Groningse grachtengordel heen. Hij grijpt hoog, maar jouw internationale reputatie en jouw dijk van publicaties staan hem in de weg. Daar kan hij alleen een molshoop tegenover stellen, maar hij zal je aan de dijk zetten om zijn doel te bereiken. Hij zal met de strijdkreet *Leve de linguïstiek*! jouw literatuurwetenschappelijke germanistiek als nationale Duitse wetenschap brandmerken en je in de momenteel weer zo gehate Duitslandhoek zetten. Daar helpt geen dijk tegen. Louka zal je kapotmaken als je het veld niet ruimt.' Lies nam Knirrs hand en zei dringend:

'Bernhard, ga weg!'

23 | De overwinnaar

In haar oratie voor het ambt van bijzonder hoogleraar verklaarde dr. Lies Bakker de *Grondbegrippen van de semantiek*. Als ondertitel had ze gekozen voor de beginregel van de Lorelei, die zich afvraagt wat haar weemoed betekent: *Ich weiß nicht, was soll es bedeuten*. Lies citeerde dit Heine-vers in onberispelijk Duits, zelfs de ich-klank kreeg ze er goed uit.

Velen in het publiek luisterden echter helemaal niet naar de betekenisleer die vanaf het spreekgestoelte werd verkondigd, ze wisten niet *was soll es bedeuten*. Iedere pauze in de ceremonie vulden ze met niet-linguïstische gespreksonderwerpen.

'Het verstand heeft onze Lies van haar moederskant, en de schoonheid duidelijk evenmin van haar vaderskant', fluisterde een directe verwant van de moeder tegen haar zuster, en de andere familieleden en vrienden knikten trots en fluisterden:

'Wat kan onze Lies toch mooi spreken! – Nu is ze zelfs professor! – Het vlijtige Liesje! – Wat ziet ze er goed uit, zelfs in die zwarte hobbezak!' Ook veel collega's waren niet echt met hun hoofd bij het onderwerp. Mannelijke wetenschappers van de jongere generatie, van promovendus tot doctor, luisterden zelfs helemaal niet, zo kwaad waren ze op Lies als *Quotenfrau* vanwege het gehanteerde vrouwenquotum bij professorenbenoemingen.

Ettelijke ervaren wetenschappers konden zich niet concentreren op de redevoering omdat de sterk erotische uitstraling van de spreekster iedere andere vorm van aandacht belette. Eigen schuld: een vrouw die van

23 | De overwinnaar

haar lichaam houdt, die zich zichtbaar lekker in haar vel voelt, reduceert zich nu eenmaal tot puur vrouw-zijn. In een mooi vrouwenlijf woont geen geest. Punt! Academische versies van blondjesmoppen, die alle berusten op de vergelijking mooi=dom, hadden zich in deze mannenkoppen vastgezet en verstopten hun de oren.

Maar ook bij de vrouwelijke collega's hoefde de mooie Lies niet op solidariteit te rekenen. Ze spraken op verontwaardigde toon:

'Dat ze zich niet schaamt, zo met haar relatie met Knirr te koketteren. – Die leunt niet alleen in de titel van haar rede tegen die Knirr aan. – Hij heeft haar gepusht, anders was ze nooit hoogleraar geworden. – Die kronkelt zich toch strategisch door de professorenbedden. – Toen Kortewiek nog de pretendent was voor de germanistentroon, heeft ze zich bij hem als kroonprinses ingelikt, en nauwelijks was de Duitse keizer Groningen binnengemarcheerd, of ze heeft zich ook hem voor de voeten geworpen. – Die Knirr, die is bij haar dan ook prompt in de val gelopen. – Tegen zulke verleidingskunsten staan mannen machteloos. Kijk toch eens goed naar haar: zelfs in die lange toga ziet ze eruit alsof ze er niks onder aan heeft.'

Lies hoorde natuurlijk niets van dat alles. Meteen na de oratie had ze zich van haar toga ontdaan, haar haren bevrijd uit de onflatteuze baret en ze met gel weer warrig gemaakt, en haar lippen bijgestift. Plop, alles in orde. Zonder mannelijke begeleiding nam ze in de Engelse zaal in haar nauwsluitende zwarte pakje – zoals eeuwig en altijd hooggehakt en kortgerokt, sinds enige tijd heerste weer de minimode – alle enthousiaste felicitaties van de toehoorders in ontvangst.

'Hadden de semantische grondbegrippen niet wat minder Duitsdweperig-sprookjesachtig kunnen worden gebracht? Dat *knirr*ste immers zo dat het onmiskenbaar knarste', fluisterde Kortewiek Lies in het oor, terwijl hij haar naar zich toe trok om haar een felicitatiekus op haar wangen op te dringen. 'Discretie was toch ooit jouw sterke punt, Lies.'

'In discretie zou vooral jij je moeten oefenen en bij jong vrouwelijk bezoek in ieder geval de deur van je werkkamer goed moeten sluiten.

Buitenstaanders op de gang klinken lustkreten niet echt melodieus in de oren.' En met een: 'Dus braaf de deur dicht, Louka!' maakte ze een eind aan het gehakketak.

'Zoals vroeger, lieve Lies?' murmelde hij haar toe met fonkelende blik en hij maakte plaats voor de volgende gelukwenser.

Pieter Steen bedankte haar geroerd dat tenminste zij de linguïstiek trouw was gebleven, hemzelf had men immers monddood gemaakt.

'Leve de linguïstiek!' proostte hij Lies toe. Maar zij raakte haar glas niet aan, ontweek zijn omhelzing en zei:

'Zo zou de linguïstiek niet moeten leven, niet op die louche manier van jullie, Pieter!' Ze liet hem staan en pakte het geschenk van Madelon Kortewiek aan. In de roman *Onder professoren*, die haar vandaag al door twee andere feliciterende gasten was overhandigd, had Hermans al jaren geleden de mannelijke Groningse professorenwereld bitter op de korrel genomen.

'Dank je wel, wat origineel', zei Lies en stapelde *Onder professoren* op elkaar, maar Madelon had nog een kleine toespraak voorbereid:

'Wij Nederlanders kennen bijna geen vrouwelijke uitgangen, dus ik kan je ook niet op correcte wijze feliciteren met het bereiken van de professor*innen*status', zei ze met haar pokerfacemake-up en ze voegde er snibbig aan toe: 'Bij jou zie ik dat als een manco.'

'Absoluut niet! *Mevrouw professor* is mij vrouwelijk genoeg. Tot nu toe was ik immers officieel ook slechts *mevrouw doctor*. Tot een dubbel feminiene *Frau Doktorin* verstouten bij mijn weten zelfs de Duitse feministen zich niet, of wel, Waltraud?' Zodra het woord *feminisme* op hoorafstand werd uitgesproken was Waltraud ter plekke, zelfs hier, waar toch Madelon in de buurt was.

'Je bedoelt onze feminis*tes*', barstte Waltraud meteen spottend uit in een Duits-Nederlandse potpourri. 'Voor hen geldt immers het motto:

Duytscher vrouwen aard en wezen
Doen de wereld gans genezen.

23 | De overwinnaar

Bij elke vrouwelijke *in* voel ik mij in de kont geknepen en zie ik alleen maar geslachtskenmerken voor mij, louter piemeldragers en schedebezitsters.'

'Waltraud, alsjeblieft', zei Madelon verwijtend. 'Zulke drastische beelden heb ik daar niet bij. Ik vind de vrouwelijke uitgangen bij persoonsaanduidingen veeleer van emancipatie getuigen.'

'Onze Duitse geëmancipeerden zijn daarin nochtans beslist uitermate selectief: op *werkgeefsters* of *investeersters* komen ze niet. En in elke opsomming worden ook *misdadigsters*, van *belastingontduiksters* tot *moordenaressen*, maar beter overgeslagen.'

'Dat is toch goed te volgen feministenlogica', vond Lies. *Schurkinnen* kunnen er expressis verbis niet zijn, de kwajongens blijven onder elkaar. Onbegrijpelijk is voor mij daarentegen waarom het feministisch taalpurisme zulke onbetwistbaar beminnelijke personages als *lieveling* of *schat* laten liggen.'

Lachend bevestigde Waltraud het feministische recht met *lievelingin* of *schattin* te worden aangedweept, maar Lies stelde nog meer hiaten aan de kaak:

'Hebben jullie op zijn minst een feministisch woord voor de bij uitstek vrouwelijke, discreet op de achtergrond agerende types die aan de touwtjes trekken, Waltraud? Die vrouwelijke tegenhangers van *Hintermänner* kunnen toch eigenlijk geen *Hintermännerinnen* worden genoemd.'

'Nee, ik zou voorstellen *Hinterfrauen*. In feministentaal zijn ook die er inderdaad niet. Het ultieme ontbrekende woord is echter *mensin*. In het vuur van de strijd tussen de geslachten glad vergeten! De *mens* is en blijft onaangetast mannelijk. Punt. Dat geslachtsspecifieke gedoe is dus inconsequent en hoogst emancipatievijandig. Wilden die geëmancipeerde vrouwen niet juist af van dat onzalige gedefinieerd worden door het geslacht? En nu benadrukken ze de geslachtelijkheid, tot zich alle feministische puristen pikanterwijs precies in al die vrouwelijke *innen* verslikken.'

'Maar zonder vrouwelijke uitgang klinkt het toch mannelijk, de professor', volhardde Madelon. 'En die past nou werkelijk niet bij Lies, of in ieder geval alleen als cavalier.' Maar de linguïste antwoordde en sprak:

'Genus en sexus, grammaticaal en natuurlijk geslacht, zijn niet zonder meer identiek. De grammaticale mannelijke vorm heeft vaak een algemene, geslachtsneutrale betekenis. Dus ik heb er niets tegen als de professoren allemaal salarisverhoging krijgen. Sinds vandaag maak ik tenslotte deel uit van de gemeenschap van professoren, mannen zowel als vrouwen.'

'Ja, zouden jullie dan ook zeggen: *Mijn leraar is zwanger*?' vroeg Madelon de beide vrouwelijke taalmacho's.

'Ik heb een voorkeur voor zwangere leraressen', gaf Waltraud lachend toe. 'De zwangere leraar zou ik een legale abortus aanraden.'

Knirr was een van de laatsten die kwam feliciteren. Over de lezing hoefde hij het niet te hebben, de inhoud kende hij natuurlijk. Maar hij bedankte Lies voor de Duitse ondertitel als verwijzing naar datgene wat voor hem zoveel betekende in de germanistiek en als teken van verbinding tussen linguïstiek en literatuurwetenschap.

'Goed dat je dat zegt, Bernhard. Ik was er niet zeker van of Heines *Lorelei* niet misschien als indirecte bekentenis voor jou, of voor ons pijnlijk zou kunnen zijn.'

'Jij bent niet pijnlijk voor mij, Lies.'

Kortewiek wachtte in zijn hoek achterin de zaal gespannen af hoe Lies om zou gaan met de ongeschreven wet die voorschreef dat de partner van het feestvarken de receptie opheft en formeel de gasten uitnodigt voor het aansluitende diner. Lies was noch met een vader, noch met een broer gewapend. Zou Knirr het wagen om in te springen? Maar Kortewiek kwam niet aan zijn trekken, want Waltraud, die al resoluut Lies' cadeaus aan het verzamelen was, vroeg ongegeneerd luid aan het gezelschap:

'Zullen we nu allemaal gaan eten?'

23 | De overwinnaar

Dat ze weer eens op grove wijze zondigde tegen de etiquette zag blijkbaar iedereen door de vingers. Maar was deze vrouw werkelijk zo naïef? Onmogelijk dat ze niets van de volgens Kortewiek al jaren durende verhouding tussen Knirr en Lies wist. Ze meed Lies echter helemaal niet, ook Lies ging volledig ontspannen met haar om. Hun echter, ook zijn Madelon, probeerde Waltraud zo veel mogelijk uit de weg te gaan.

Kortewiek wachtte voor het eten aan de hotelbar op Madelon, die zich moest opfrissen en meer migrainepilletjes moest innemen. Al bij de receptie in de Engelse zaal had hij de glazen wijn niet geteld en hier aan de bar dronk hij verder.

'Hè je weer handen gewass'n? En de migraine weggepoederd? Pfff, wegpoesten, poeder, poes'n, fff!' Hij blies Madelon in het gezicht. Ze wendde zich met walging af.

'Altijd handen wass'n, jij waswijf! Nee, geen wijf! Jij bent geen wijf, jij niet! ... Machine, wasmachine! Jij wasmachine!' Ze schoof hem een pepermuntje toe.

'Hè'k al. Help niet.' Madelon reikte hem haar arm, waarop hij onopvallend leunen kon. Discreet hielp ze hem aan tafel te gaan zitten. Kortewiek dronk verder.

De laatste tijd had hij de vrolijke beginstemming regelmatig overgeslagen. De volgende fase waarin hij zich in euforische grootheidswaan wilde bewijzen tegenover de hele wereld en alle germanisten in het bijzonder, maakte meestal snel plaats voor het verbaal-agressieve stadium. Dan schold hij op Madelon. Daarbij moest hij evenwel, in sterk vereenvoudigde taal, zijn toevlucht nemen tot korte dierennamen, die zijn stamelgrens niet overschreden. *Koe* bijvoorbeeld lukte altijd, en daarbij konden zijn ogen dan zelfs nog een koude bliksemflits op zijn tegenstander slingeren. Na nog een paar glazen wijn zat hij alleen nog maar in elkaar gedoken te zitten en dom te grijnzen.

Zo was het ook nu. Als hij werd aangesproken, draaide hij zijn hoofd langzaam en onzeker half in de richting van de spreker en probeerde hem gericht aan te kijken. De ogen kregen het echter nooit helemaal voor elkaar, zodat hij onzinnig en scheel voorbij keek aan degene die tegenover hem zat. Eerst produceerde hij dan nog een paar antwoorden, die hij dommig grijnslachend inleidde met het alwetende: 'De zaak izduzzo', zonder dat er iets noemenswaardigs volgde. Daarna werd hij eenlettergrepig en zweeg al gauw helemaal. Bij het doorzuipen opende hij zijn mond lang voordat het glas zijn lippen bereikte. Als een slak slijmde zijn onderlip zich dan aan het glas vast en omsloot het, alsof hij het wou verslinden, en dan liet hij de wijn naar binnen vloeien. Hij moest steeds meerdere pogingen doen om het smerige glas leeg op tafel terug te zetten. Toen het toch nog omviel, keek iedereen ineens op.

Kortewiek bleef ineengedoken op zijn stoel zitten, alleen zijn handen maakten een hulpeloze neerwaartse beweging. Zijn kostuum was omhooggekropen en hoewel de stropdas losgemaakt was, leek het overhemd hem te krap te zitten, want uit de kraag puilde een speknek en een dubbele kin. De mond hing willoos naar beneden. Het gezicht was opgezwollen en blauwrood aangelopen. De blik uit de glazige, roodgeaderde, halfgesloten ogen volgde eerst het omgevallen glas, daarna staarde Kortewiek alleen nog stompzinnig voor zich uit, als een dood kalf.

'Mijn God, Louka! Madelon, waar is Madelon?'

Lies volgde het gebaar van de ober en zocht Madelon op het toilet. Die hing boven een toiletpot en kotste heftig alle wijn uit die ze niet had gedronken.

'Migraine', zei ze toen het kokhalzen even pauzeerde en ze hield met beide handen haar barstende hoofd vast. Toen ze uitgekotst was hielp Lies haar overeind, bette haar gezicht en haar besmeurde jasje en bestelde een taxi.

'Nee, niemand hoeft mee, we kunnen wel alleen naar huis', verzekerde Madelon. Kortewiek werd op de achterbank gepropt, Madelon ging kaarsrecht voorin zitten. Zodra de taxi stopte, betaalde ze en ging het huis binnen, zonder om te kijken. De taxichauffeur hielp Kortewiek uit de auto en zette hem tegen een lantaarnpaal. Hij gaf te kennen dat de chauffeur weg moest rijden, en dat gebeurde. Kortewiek liet de lantaarnpaal met één hand los en zakte toen in een neerwaartse spiraal langs de paal steeds verder naar beneden. Daar bleef hij liggen, in de kou, met zijn jas, zijn colbert en zijn vest open, in een plas. Madelon zag vanachter het raam de door de lantaarn beschenen bundel, liep toch naar buiten, ging er rechtop naast staan, keek, zonder zich voorover te buigen, op Kortewiek neer en vroeg:

'Nou, over en uit?'

'... Uit!' bevestigde hij zacht.

24 | De terugtocht

Hij was er echt, de boodschapper van de koning, niet alleen in Knirrs sprookjes. Hij kwam weliswaar niet van de koning, maar van een onderzoeksinstituut, en hij zat ook niet te paard, maar in de rode auto van de Nederlandse posterijen. Een ongelooflijk blijde boodschap bracht hij echter wel, een boodschap die het sprookje tot een happy end bracht: het Max Planckinstituut voor geesteswetenschappen in Jena wilde Bernhard Knirr als onderzoeksdirecteur hebben. Zwart op wit had hij het nu, het aanbod, hij kon het gerust mee naar huis nemen. Dat deed hij, op een draf, en wapperde daarbij met de brief in de lucht.

'Waltraud, Waltraud!' Zij maaide met een zeis in de brandende hitte brandnetels van de dijk, die de door Johan uitgeleende ram versmaadde, hoewel hij toch eigenlijk als grasmaaier was uitgekozen. Zo snel haar klompen het toelieten kwam ze aangelopen. In de schuur begon ze de brief te lezen, liep lezend door naar de keuken – met Knirr op haar hielen – dronk in alle zielenrust eerst een slok water, liet zich op een stoel vallen, blies haar natgezwete haren uit haar gezicht en zei: 'Poeh!'

'En?'

'Hartelijk gefeliciteerd, Knirps! Nu is alle discussie overbodig geworden. Gewoon naar het oosten.'

'Als *Wessi*?'

'Als in Nederland gelouterde *Wessi*, als *Nessi* zou ik zeggen. En jouw literatuurwetenschap in Groningen kan je rustig aan haar lot overlaten. Je hebt genoeg voor de club hier gedaan en hoeft met niks en met niemand

meer rekening te houden, Knirps.'
'Ook met jou niet?'
'Ook met mij niet. Je gaat, je *moet* gewoon gaan. Maar geef mij nog een beetje bedenktijd over wat ik zal doen.'

Waarom konden gevoelens niet mooi zuiver van elkaar gescheiden opkomen, elk op zijn eigen tijd? Daar werd haar Knirps volledig onverwacht uit zijn vernederende buitenspelval hier bevrijd – maar nee, ze voelde niet louter vreugde, ze voelde een steek in haar hart. Op haar grootgrondbezittersronde vroeg ze zich bij elke boom en elke struik af of ze het afscheid ervan wel aan zou kunnen. *Steek, steek, steek,* was het antwoord. Ze deed zelfs de moddertest, waadde door het modderige slijk van de Damste en beschouwde haar thuis op afstand vanuit het perspectief van een vis in het midden van de rivier. Bij het zwemmen sloeg Rammses VI haar bezorgd gade, waarbij hij zelfs blatend de steiger op durfde te gaan. Opgelucht dat ze gezond en wel uit de rivier kwam, volgde de ram haar tot aan het hek.

'Stom schaap, beeld je maar niet in dat jij mij hier kunt houden! Jij leenram!' *Steek*, was het antwoord. Bij die massieve tegenspraak gaf ze het op.

'Knirps, ik rijd even naar de school. Ik blijf niet lang weg.'

Vroeg in de avond kwam ze terug en bracht manden vol eten mee voor een dijkdiner. Nee, ze zou niet meegaan naar Duitsland, in het schoolhuis was nog wel een klaslokaal over. Knirr keek Waltraud onderzoekend aan. Toen ze geen aanstalten maakte haar besluit wat steekhoudender toe te lichten, accepteerde Knirr het vrije klaslokaal als voldoende argumentatie. Bij een prachtige zonsondergang, goed eten, veel wijn en nog later bij het licht van een stallantaarn bespraken ze hoe Waltraud in principe hier kon blijven, zonder zich echter helemaal van Knirr te scheiden.

'Nee, ik neem zonder jou natuurlijk geen huis in Jena, vrijgezellen hebben onderhoudsarme stadswoningen nodig.'

'*Vrijgezellen* hebben vooral grote woningen nodig, om van hun *vrijheid* te kunnen genieten. *Gezellig* ben je zonder twijfel nu al, je hebt in ieder geval twee vrouwen. Geen van die twee wil op de bank slapen, dus een grote woning asjeblieft. Wat vindt Lies eigenlijk van je Jenaplan?' vroeg Waltraud.

'Lies dringt er al lang op aan dat ik hier in ieder geval weg ga. Dat ik nu zelfs een stap hoger op de carrièreladder kom is nog een leuke toegift.'

'Betaalt meneer Planck daarginds in roebels of krijg je echt geld?'

'Meneer Planck is niet krenterig, wees gerust, Waltraud. Behalve een fatsoenlijk salaris en het profijtelijk Duits pensioen stelt het Max Planckinstituut een fors onderzoeksbudget beschikbaar. Dat is meer dan genoeg, ook voor Eelco Terlouw en voor een hele stal medewerkers. Ik kan van mijn mensen hier meenemen wie ik wil. Vanuit Jena is mijn metropolenproject veel gemakkelijker te realiseren. Onderzoek, alleen maar onderzoek', jubelde Knirr.

'Eelco kan je ons toch op zijn minst gunnen, Knirps.'

'Wat mij betreft kan hij rustig in jullie wijvenhuishouding blijven wonen. Dan moet hij wel regelmatig op en neer. Misschien kunnen jullie hem af en toe jullie heksenbezem lenen. À propos, nu we het over vervoer hebben, Waltraud: help je me met verhuizen?'

'*Helpen*, dat kan leuk worden. Je weet toch helemaal niet hoe dat moet. Ik *fiks* het wel, zoals altijd.'

En toen fikste ze het, zonder Knirr te hinderen als hij thuis was, en als een dolleman als hij de hele wereld afreisde. Zo wanordelijk ze verder ook was, haar verhuisdozen werden strategisch gepakt, leesbaar beschreven en in de schuur keurig opgestapeld. Ze vroeg niemand om raad en werkte volgens een vast plan als een robot de ene verhuisvoorbereiding na de andere af.

Al snel vond ze een koper voor het molenhuis. Omdat deze in Waltrauds bijzijn een grondverzetbedrijf de opdracht gaf met een bulldozer alles in de rommeltuin met wortel en tak uit te roeien, haalde ze zoveel mogelijk uit de grond, sjouwde de kleiklompen in de auto en plantte alles opnieuw in Hannes schooltuin. Maar toen kwam de kweeperenboom. 'Een veertienjarige kweepeer kan je niet verplanten', zei iedereen tegen haar. Hoewel men een veertienjarige kweepeer niet kan verplanten, greep en groef, trok en rukte, sneed en schepte ze verbeten aan elke afzonderlijke wortel. Die wortels hadden zich in de breedte en in de diepte geboord, met elkaar verstrengeld, die klauwden zich vast, die wilden er helemaal niet uit.

'Jij – moet – mee – verdomme! Als *ik* ga, ga *jij* ook. Jou krijgt de bulldozer niet.' Tenslotte pakte ze lukraak zagen, scharen, schoffels, spaden, en met houwen en steken viel de kweepeer na vele uren. Johan, die de uitgraving verstolen had gevolgd, bracht de boom met zijn trekker naar de schooltuin. Waltraud hurkte zwijgend naast hem. Bij het zien van haar bloedende handen, haar gescheurde jeans, de gebroken klompen, de klei in haar kleverige haren, de witte sporen van zweet en tranen op haar besmeurde gezicht, waagden Hanne en Truusje het niet twijfel te uiten of de mishandelde stronk ooit weer tot kweepeer zou uitgroeien. Zwijgend hielpen ze Waltraud bij het herplanten, eerder een begrafenis.

De monteurs hadden een dag nodig voor het demonteren van het gietijzeren fornuis en nog een voor het weer opbouwen ervan in de schoolkeuken. Niemand had Waltraud durven vragen of een dergelijke reddingsactie voor de Aga op welke wijze dan ook verstandig en doenlijk was. Het molenhuis zelf stond godzijdank onder bescherming van monumentenzorg en bleef daardoor gevrijwaard van de bulldozer. Zeer voorkomend en helemaal zonder blaten nam de leenram afscheid. Op een morgen lag Rammses VI roerloos op de dijkweide, de vier poten gestrekt.

Van de mensen namen Waltraud en Bernhard met een feestje afscheid. Een formele bijeenkomst op de universiteit of het instituut had Knirr zonder omwegen afgewezen en in plaats daarvan een paar vertrouwde medewerkers en heel Klein Mensinge, dus ook het rooievrouwenkoor, uitgenodigd.

De Damste getekend, de Damste geschilderd, de Damste gefotografeerd, een oude gravure met de titel *Rivierenlandschap*, een schets van het molenhuis, van de dijk met de ram: geen afscheidsgeschenk voor Knirr zonder rivier. En toen stelde het rooievrouwenkoor zich op voor een wereldpremière. In een voortreffelijke samenwerking was een gedicht ontstaan dat Hanne en Truusje op muziek hadden gezet als een tweestemmig lied.

'Lieve Bernhard', lichtte Truusje toe. 'Wij staan hier precies op de kroon van jouw dijk. Hier heb je gedurende vele zomers menig wetenschappelijk artikel geschreven. Van verre waarschuwde ons dan het zonnescherm: 'Niet storen, hij werkt alweer.' Trots heb je vanaf hierboven steeds weer alle acht molens in de omgeving geteld, heb je de *Lucie* en de *Voorwaarts, Voorwaarts* gegroet op schipperswijze, je hebt in de Damste gezwommen, erop geroeid, hebt de oever verstevigd, de steiger gebouwd, op de dijk met de ram ruzie gemaakt, je hebt zelfs nog leren schaatsen, kortom, je zult de rivier missen. Om je het afscheid lichter te laten vallen, hebben wij hem voor jou in ons lied zwart gemaakt.'

Belediging van een rivier

Armzalige Damste: je hebt niets van jezelf!
Moet alles maar jatten: je stralende glinster
Weerkaatst slechts de zon, en je heldere blauw
Is niets dan de kleur van de hemel,
Die nooit jou gaat zoenen, zelfs niet in oneindige verten.
Je tooit je met andermans veren.

Beken dat je liegt en bedriegt!
Noch word je des avonds een rimpelloos lint
Van schitterend zilver, noch bouw je een brug
Van licht naar de maan. En zodra ik je aanraak
Vervloei je me onder de vingers
Je bent niet, je lijkt maar zo mooi.

Wij hebben je door, valse adder!
Je lijkt heel onschuldig, en bent toch
Gevaarlijk sinds eeuwige tijden:
Hebt kalfjes en kindjes verslonden,
Onverschillig en koel. Dus verdien je
Geen rozengeur-maneschijnlied.

Misschien zongen de vrouwen weer een beetje blèrend, hier en daar te luid, en wellicht ook niet helemaal zuiver. In het ritme van een wiegelied zat de tweede stem dicht tegen de melodie aan, zo nu en dan met een dissonant, om zich echter meteen weer uit de disharmonie te bevrijden. Aanvankelijk klonk het nog een beetje stroef, maar in het slotcouplet versmolten landschap, taal en zingende vrouwen tot een eenheid. Het lied werd daardoor tot een weerbarstige liefdesverklaring aan de rivier, die de tekst logenstrafte.

De terugtocht | 24

In de tijd die nog restte tot de verhuizing ademde het huis dag na dag steeds meer zijn ziel uit. In de stikdonkere vroegte ruimden de verhuizers het gebouw helemaal leeg. Het was nu niet meer Knirrs huis, en toch had Waltraud voor haar eigen gemoedsrust een fietsroute naar het buurdorp uitgeknobbeld die met een wijde boog om de molen en de dijk heen voerde. Nog voor de verhuiswagen moesten de Knirrs met hun auto in Jena zijn.

'Schiet op, Waltraud!' Op de brug reed Waltraud in een aarzelend wandeltempo, maar Knirr keek niet om naar de Damste daar beneden, en ook niet naar het molenhuis en de ramloze dijk, die allemaal net deden alsof Waltraud en hij hier niet jarenlang hadden gewoond. Geen sporen. Slechts een oude Hollandse meester, een schilderij, dat hetzelfde blijft en het volstrekt koud laat wie het bekijkt. *Onverschillig.*